거인들의
인생문장

거인들의 인생문장

초판 1쇄 인쇄 2022년 11월 10일
초판 1쇄 발행 2022년 11월 17일

지은이 | 성기철
펴낸이 | 임종관
펴낸곳 | 미래북
편   집 | 정광회
본문 디자인 | 디자인 [연:우]
등록 | 제 302-2003-000026호
본사 | 서울특별시 용산구 효창원로 64길 43-6 (효창동 4층)
영업부 | 경기도 고양시 덕양구 삼원로73 고양원흥 한일 윈스타 1405호
전화 031)964-1227(대) | 팩스 031)964-1228
이메일 miraebook@hotmail.com

ISBN 979-11-92073-14-9   (03800)

위인들의 삶과 저술에서 성공, 사랑, 행복을 찾는

Great Words

거인들의
인생문장

성기철 지음

MIRAE
BOOK

Prologue

"산다는 것, 그것은 치열한 전투이다."

노벨 문학상 수상 작가 로맹 롤랑이 한 말이다. 그렇다. 우리는 너 나 할 것 없이 죽느냐, 사느냐를 결정하는 전장(戰場)에서 하루하루 살아가고 있다. 점령해야 할 목표 고지는 성공과 사랑, 그리고 행복이다.

하지만 고지 점령은 쉽지 않다. 우리네 현재 모습을 살펴보면 대다수가 지쳐 있다. 한글도 제대로 모르면서 외국어 공부를 강요당하는 유소년, 무한 경쟁 학업에 내몰린 중고교생, 취업난에 주눅 든 대학생, 결혼과 출산이 두려운 청장년, 자녀교육과 노후준비로 허리가 휜 중년, 삼중고(가난, 질병, 고독)에 시달리는 노년….

어느 세대 할 것 없이 다들 고단해서 웃음을 잃은 모습이다. 고난 고통이 언제 끝날지 기약조차 없다. 하지만 계속 실의에 빠져

Prologue

살 수는 없지 않은가. 우리에겐 주어진 인생을 아름답게 가꾸어 나갈 의무가 있다. 하루빨리 활기를 되찾아야 한다. 다행히 대문호 요한 볼프강 폰 괴테가 용기를 준다.

"고통이 남기고 간 뒤를 보라! 고난이 지나면 반드시 기쁨이 스며든다."

"희망만 있으면 행복의 싹은 그곳에서 움튼다."

희망가를 부르며 행복한 삶을 맞이하기 위해서는 당연히 필요한 노력을 해야 한다. 행복은 절대 거저 주어지지 않는다. 특히 청년기와 중장년기를 살고 있다면 자기 인생에 책임감을 갖고 더 큰 노력을 기울여야 한다.

성공과 사랑, 그리고 행복을 찾아 나서는 사람들에게 앞서 세상을 멋지게 살다간 위인들의 언행은 큰 도움이 된다. 12세기 프랑스 철학자 베르나르 드 샤르트르가 "거인의 어깨에 올라타면 (세상을) 더 멀리 볼 수 있다"라고 말한 이유 아닐까 싶다. 과거 현인들이 남긴 언행에는 인생의 각종 지혜가 고스란히 담겨 있다. 시행착오를 줄일 수 있는 삶의 이정표가 될 수 있다. 위인, 거인, 현인들의 언행은 주로 그들이 직간접으로 남긴 저작물에서 발견할 수 있다. 문학작품, 철학서, 역사서, 수상록, 자서전, 평전 등으로 대부분 인문고전에 속한다.

필자는 행복 탐구자를 자임하고 있다. 이를 위해 고전 독서에 푹 빠져 산 지 오래다. 독서 중에 기쁜 마음으로 발견한 좋은 문장, 멋진 발언, 명언을 혼자 즐기기에 너무 아깝다는 생각이 자주 드는 건 어쩔 수 없다. 기쁨은 나눌수록 커진다고 했으니 많은 사람과 공유하는 게 좋겠다는 생각에 이르렀다. 이 책을 쓰게 된 동기다.

책은 자기발견, 성공, 사랑, 자녀 양육, 시련 극복, 품격, 멋진 인생, 행복 등 8개 분야 35개 주제로 구성되어 있다. 각 주제 주인공은 다들 위인이고 현인이다. 철학자, 작가, 정치가, 종교인, 영화배우 등이며 고대인도 있고 현존 인물도 있다. 주제마다 이들의 삶과 저작물, 멋진 문장이나 발언을 입체적으로 소개했다. 그리고 이들의 여러 다른 저작물을 다각도로 분석해 해당 문장이나 발언이 나오게 된 배경을 추적했다. 여기에 우리 현주소를 대비시키고, 필자 생각을 덧붙임으로써 독자들이 넓은 사유의 바다에서 헤엄칠 수 있도록 했다.

인생길이 탄탄대로인 사람은 드물다. 다들 구불구불한 산길이나 자갈길을 걸어간다. 그러나 노력하면 가끔 신작로를 만날 수도 있다. 그걸 기대하며 애써 노력하는 과정에서 우리는 성공과 사랑, 그리고 행복의 기쁨을 맛볼 수 있다.

독자들이 치열한 전투 현장에서 벗어나 평화로운 행복의 신작로를 찾는데 이 책이 조금이나마 도움이 되었으면 좋겠다. 책을 내면서 많은 저작물을 인용하고 참고했다. 그런데 각 주제 주인공의 글이나 말을 소개하면서 인용 부분을 일일이 구체적으로

Prologue

표기하지 못한 점 작가와 번역가 분들께 널리 이해를 구한다. 고맙고 죄송한 마음을 담아 맨 뒤에 뭉뚱그려 표기했음을 밝혀둔다.

마지막으로 어려운 출판 환경에도 불구하고 성공과 사랑, 행복을 찾는 데 좋은 길잡이가 되겠다며 책을 내주신 미래북 임종관 대표님과 관계자 여러분에게 감사의 뜻을 전한다.

Contents

Chapter 1

자기 인생에
주인공이 되려면

자기 자신을 믿고 홀로 서라

자신의 생각을 믿는 것, 자신이 진실이라 여기는 것을
다른 모든 사람도 진실이라고 생각하리라 믿는 것,
이것이야말로 비범한 재능이다.

- 랄프 왈도 에머슨《자기신뢰》

 랄프 왈도 에머슨(1803~1882)은 미국의 탁월한 철학자이자 시인이다. 그를 빼놓고는 미국의 사상과 문학을 논하기 어렵다. 같은 시대를 살았던 에이브러햄 링컨 대통령은 그를 '미국의 아들'이라 칭송했으며, 버락 오바마 대통령은 그의 저서《자기신뢰(self-reliance)》를 셰익스피어의 희곡에 버금간다고 예찬했다.

 에머슨은 누구든지 자연에 존재하는 영적 실재를 믿으며 자기 내면의 소리를 듣고 홀로서기를 해야 성공할 수도, 행복해질 수도 있다고 설파했다. 특히 그의 자기신뢰론은 불확실성과 두려움 속에 세상을 헤쳐나가야 하는 젊은이들에게 크나큰 영감을 준다. 자립과 확신의 칼자루를 손에 쥐여준 철학자다.

"그대 마음속에 숨겨두었던 확신을 드러내라. 그러면 그 말은 보편적 의미를 가질 것이다. 그대 마음속에만 있던 것이 때가 되면 겉으로 드러나고, 그대가 처음에 가졌던 생각이 결국에는 마지막 심판을 알리는 나팔 소리와 함께 다시 그대에게로 돌아올 것이다."

그렇다. 우리는 자기 고유의 생각이 내면에 분명히 존재하는데도 밖으로 드러내길 꺼린다. 남의 시각, 남의 생각에 주눅이 들어 하고 싶은 말과 행동을 주저한다. 그러다 보면 삶의 주도권을 다른 사람들에게 빼앗기기 일쑤다.

에머슨은 우리 중에 자신감이 부족한 탓에 남의 말 고분고분 잘 듣는 것 말고는 아무것도 할 수 없는 사람이 넘쳐난다며 자기신뢰를 무기 삼아 주체적인 삶을 살라고 다그친다. 앞장설 테니 얼른 따라오라고 손짓한다.

"나는 당신들의 관습에 따르지 않을 것이다. 나 자신이 될 것이다. 당신들을 위해서 더 이상 나 자신을 길들이지 않을 것이다. 당신들도 나를 길들일 수 없다. 당신들이 나를 있는 그대로 사랑한다면 우리는 더욱 행복할 것이다."

에머슨은 소신을 강조한다. 오늘 생각은 오늘 분명하게 말하고, 내일 생각은 내일 분명하게 말해야 한다고 설파했다. 오늘 말과 내일 말에 모순이 생겨 오해받을 것을 염려하지 말라고도 했다. 피타고라스, 소크라테스, 예수, 루터, 코페르니쿠스, 갈릴레오, 뉴턴처럼 위대한 사람들은 모두 오해를 받았단다.

남 눈치 보는 언행으로는 성공과 행복을 보장할 수 없다는 생각인 듯하다. 인간은 사회적 동물이기에 타인과의 관계가 중요할 텐데 에머슨은 그것 못지않게 홀로서기가 중요하다고 강조한다.

"우리는 서로에게 의지하는 버드나무가 아니다. 우리는 홀로 설 수 있고 홀로 서야만 한다. 자신에 대한 믿음이 확고하면 그 속에서 새로운 힘이 생긴다."

"외부의 의존 대상들을 모두 떨쳐버리고 홀로 설 때 비로소 강해지고 승리할 수 있다. 우리가 내건 깃발 아래 지원병이 한 명 도착할 때마다 우리는 그만큼 약해진다. 다른 사람에게서 아무것도 구하지 마라. 모든 것을 스스로 하라. 그러면 무한한 변화 속에서 우리의 유일하고 확고한 기둥이 곧 우리를 에워싼 모든 것을 떠받쳐줄 것이다."

에머슨은 주체적 인격체로 홀로 서기 위해서 인내하고 또 인내해야 한다고 강조한다.

"모든 선한 것, 모든 위대한 것의 그림자를 친구 삼고 자신의 무한한 생명력에 대한 통찰을 위안 삼아 우주의 원리를 연구하

고 전달하라. 타고난 재능을 발현하고 세계를 변화시키는 것을
자신의 일로 받아들여라."

자기신뢰와 홀로서기 주장은 에머슨 자신의 인생 역정을 반영
한다. 그는 당시 유행하던 미국 초월주의 운동의 중심 인물이었
다. 초월주의는 신과 세상이 동일하다는 믿음에 기초해 개인의
영혼이 세계와 동일한 것으로 여겼다. 이는 그의 성장 배경과 밀
접한 관련이 있다.

에머슨은 보스턴의 목사 집안에서 태어났다. 어린 시절부터
기독교 신앙이 충만했으며 하버드대 신학부를 졸업하고 20대
중반에 목사가 되었다. 그러나 처음부터 방황하는 목회자였다.
자유로운 사고를 즐긴 탓에 그의 설교가 정통 기독 교리에 벗어
난다는 지적을 받곤 했다. 교회와의 충돌이 불가피했다. 고민 끝
에 그는 목사직을 그만두고 장기 유럽 여행을 떠났고 그곳에서
당대의 지식인들과 교유하는 기회를 가졌다. 공리주의 철학자
존 스튜어트 밀, 낭만파 시인 윌리엄 워즈워스, 역사학자 토머스
칼라일 등과 깊이 교제했다.

미국으로 돌아온 그는 한층 성숙한 사상가로 변신했다. 메사
추세츠주 콩코드에 정착해 이후 40년 동안 저술에 전념하는 한
편, 1500회 이상의 강연을 통해 초월주의 철학 사조를 전파했다.
남녀평등과 노예제 폐지를 강력하게 주장하는가 하면 자연 사랑
을 역설하기도 했다.

에머슨은 한 세대 후배 격인 독일 철학자 프리드리히 니체의 철학에 큰 영향을 끼쳤다. 에머슨의 저서 《자기신뢰》를 들고 여행을 다녔다는 니체는 그의 역작 《짜라투스트라는 이렇게 말했다》를 저술하며 '초인'의 개념을 정립하는 데 상당한 도움을 받은 것으로 알려졌다. 자신과 세상을 긍정하는 창의적 인간형인 니체의 초인이야말로 에머슨의 자기신뢰 개념 없이는 상상하기 힘들다.

성공적 인생을 가꾸는 데 에머슨의 자기신뢰는 니체의 긍정 마인드, 헤르만 헤세의 자기발견 못지않게 중요하다. 자기 인생을 어떻게 꾸려나갈지 방향을 정해 긍정적인 사고로 희망을 노래한다지만 자신에 대한 믿음이 확고하지 않으면 그 추진력을 확보하기 어렵다. 자기신뢰는 당연히 자신감 있는 행동의 바탕이 되기 때문이다. 에머슨은 이 점을 정확하게 짚었다.

"사람은 자기 일에 온 마음을 쏟고 최선을 다할 때 괴로움을 잊고 쾌활해진다. 다른 어떤 것도 우리에게 평화를 주지 못한다. 구원은 누가 가져다주는 것이 아니다. 자신을 믿지 않는 한 우리에게는 어떤 영감도 창조도 희망도 없다."

자기신뢰는 삶의 태도에도 영향을 미친다. 스스로에 대한 믿음이 부족한 사람은 불평불만, 질투, 후회, 실망, 비관 등 심리적으로 나쁜 분위기에 휩싸이게 된다. 에머슨은 이렇게 진단했다.

"불만은 자신에 대한 믿음이 부족할 때, 의지가 약할 때 생긴다. 후회나 미련으로 재난에 빠진 자를 구할 수 있다면 얼마든지 그렇게 하라. 그러나 그럴 수 없다면 차라리 자신의 일에 열중하라. 그러면 불행은 사라지기 시작한다."

자신에 대한 믿음이 확고하면 정신적으로 건강한 사람이 된다. '내 생각이 옳다, 그래서 남들이 나를 존중할 것이다'라는 생각을 갖는 것은 자기신뢰의 대표적 표현이다. 이런 생각을 갖는 것이야말로 제대로 된 자기 삶의 시작이다. 그리고 건강한 일상의 출발이다.

학창시절을 끝내고 사회에 본격 진출한 30대의 경우 홀로서기가 불가피하다. 곁에는 교수도 없고 부모도 없다. '헬리콥터 맘'의 도움을 받아 성장한 사람도 이 나이쯤 되면 독립적인 삶을 영위하지 않으면 안 된다.

우리네 인생 행로가 얼마나 다양한가. 공부를 잘해 명문대학을 나왔다고 치자. 인기 있는 대기업에 취업할 수도 있고, 자기만의 독특한 아이디어를 무기로 창업할 수도 있다. 그것도 아니고 자연을 벗삼아 시골에서 농사지으며 살 수도 있다. 결혼을 생각해보자. 결혼을 할지 말지, 몇 살에 할지, 결혼 후 자녀를 가질지 말지, 자녀를 몇 명이나 가질지 선택의 연속이다. 인생의 목표도, 성공하는 방법도, 추구하는 행복의 종착점도 각양각색이다.

이런 상황에서 홀로서기의 성공 여부는 자기신뢰에 달렸다고 볼 수 있다. 냉철한 사상가 에머슨이 장문의 자기계발 에세이

《자기신뢰》를 저술한 이유가 아닐까 싶다. 오직 자신의 판단과 능력을 믿고 스스로에게 의지해야 성공할 수 있다고 역설하는 그의 강연 모습이 눈에 선하다.

주변의 유혹에 현혹되지 않고 자기가 나아갈 길을 찾았더라도 목적지에까지 이르려면 자기신뢰가 중요하다. 자기 자신을 굳게 믿고 자신에게 100% 의지해야 한다. 더불어 잘살기 위해서라도 에머슨이 강조하는 자기신뢰와 홀로서기는 더없이 중요하다.

긍정 마인드로
희망을 노래하라

나는 나의 사랑과 희망으로 그대에게 명령한다.
그대 영혼 속의 영웅을 버리지 마라.
그대의 최고의 희망을 신성한 것으로 간직하라.

– 프리드리히 니체《짜라투스트라는 이렇게 말했다》

독일 철학자 프리드리히 니체(1844~1900)의 소설《짜라투스트라는 이렇게 말했다》의 수많은 명문장 중 내가 가장 좋아하는 대목이다. '영웅'이 가리키는 의미와 멋진 명령형 문체 때문이다. 영웅의 뜻을 여러 가지로 해석할 수 있겠지만 나는 '무한 성장을 꿈꾸는 청춘의 긍정적 자세'라고 생각한다. 이 대목은 주인공 짜라투스트라가 산 위에서 우연히 만난 청년에게 해 준 말이다. 소설에서 청년은 나무의 외로운 삶에 빗대 자신이 키 큰 나무처럼 높이 오르려고 하면 할수록 주변 사람들로부터 외톨이가 된다고 한탄한다. 그러자 짜라투스트라는 원래 쾌락주의자들은 고귀한 사람들을 원한과 공포의 대상으로 여긴다며 절망하지 말라고 조언한다.

"고귀한 사람은 만인에게 귀찮은 존재임을 잊지 마라. 선량한 자들조차도 고귀한 자를 장애물로 생각한다. 그를 선량한 자라고 부르지만 그렇게 부르면서 그를 몰아내려고 한다."

《짜라투스트라는 이렇게 말했다》는 니체의 대표작이다. 니체 철학의 핵심인 '신의 죽음, 영원 회귀, 위버멘쉬(초인, 超人)'의 개념이 자세히 서술되어 있기 때문이다. 고대 페르시아의 종교 철인 짜라투스트라의 설교를 통해 자신의 사상을 기술했다. 루터파 목사의 아들인 니체는 40세 전후에 쓴 이 작품에서 신의 죽음, 신의 부재를 주장해 19세기 후반 유럽 사회를 충격에 빠뜨렸다. 그를 '망치 든 철학자'라 부르는 이유다. 하지만 니체는 한때 스승으로 삼았던 쇼펜하우어가 염세주의 사상에 빠진 것과 달리 삶의 긍정적 요소에 주목했다.

작품 전편이 아름다운 시적 산문으로 꽉 차있다. 다양한 등장인물과 풍부한 비유, 흥미로운 스토리 전개, 애잔한 사랑의 노래 등은 독자들에게 소설 속으로 빠져드는 느낌을 준다. 딱딱할 수밖에 없는 철학서임에도 현대인의 애독서로 자리잡고 있는 이유다.

니체가 짜라투스트라의 입을 통해 묘사하는 초인은 자기 자신과 세상을 긍정하는 건강하고 창조적인 인간이다. 본인 스스로에게 가치를 부여함으로써 주체적이며 독립적인 삶을 추구하는 사람이다. 따라서 짜라투스트라는 희망과 긍정 메시지 전도사라 하겠다.

짜라투스트라의 설교 여행은 40세에 시작된다. 30세에 입산해 10년간의 깨우침 끝에 세상 사람들을 만나러 나간다. 마치 예수와 석가모니의 행적을 연상케 한다. 신라시대 원효대사의 모습이 떠오르기도 한다. 그는 희망 전도사답게 출발부터 자신감에 가득 차 있다.

"나는 나의 목표를 향해 나아가리라. 나의 길을 걸어가리라. 나는 망설이는 자들과 나태한 자들을 뛰어넘으리라. 그리하여 나의 행로가 그들의 몰락이 되게 하리라."

첫 설교는 인간이 초인으로 성장하는 세 단계를 주제로 삼았다. 니체 철학의 핵심이다. 낙타와 사자, 어린아이의 비유가 그것이다. 1단계인 낙타는 무거운 짐을 지고 사막을 걸어가며 '반드시 해야 한다'로 상징되는 용(다른 사람)의 지배를 받는다. 고통을 견디다 못해 반항하기 시작하는데 그것이 2단계인 사자다. 사자는 우여곡절 끝에 용을 물리치지만 용이 사라진 세상에서 아무런 역할도 하지 못하게 된다. 삶의 의미도 찾지 못한다. 용이 사라진 세상에서 우리는 3단계 어린아이 같은 삶을 살아야 한다고 짜라투스트라는 말한다.

어린아이 같은 삶이란 '반드시 해야 한다'는 용의 무시무시한 힘이 존재하지 않기에 뭐든 하고 싶은 대로 할 수 있는 자유로운 환경을 가리킨다. 이처럼 삶의 가치를 자기 주도적으로 창조하고 이를 긍정하는 사람을 니체는 초인이라고 정의했다.

"어린아이는 천진무구 그 자체이며 망각이다. 하나의 새로운 시작이며 쾌락이다. 스스로 굴러가는 바퀴이며 시원(始原)의 운동이고 신성한 긍정이다. 그렇다. 나의 형제들이여, 창조라는 쾌락을 위해서는 신성한 긍정이 필요하다."

그는 설교 때마다 긍정과 희망을 노래한다. "삶에 대한 그대들의 사랑이 그대들의 최고의 희망에 대한 사랑이 되게 하라. 그리고 그대들의 최고의 희망이 삶에 대한 최고의 사상에 이르도록 하라."

짜라투스트라는 긍정의 삶을 추구하는 데 가장 큰 걸림돌은 남이 아니라 자기 자신이라고 말한다. "그대 자신이 부딪칠 최악의 적은 항상 그대 자신일 것이다. 그대 자신은 동굴과 숲속에 매복하여 그대를 기다리고 있는 것이다. 고독한 자여, 그대는 그대 자신에게도 이르지 못하고 그대 자신과 그대의 일곱 악마 곁을 스쳐 지나갈 것이다."

니체는 자기관찰과 자가발견의 어려움을 다른 저서에서도 자주 거론한다. "인간은 보통 자신에 관해 성(城)의 외벽 이상은 감지할 능력이 없다. 진짜 요새엔 접근하기도 어렵고 그것이 보이지도 않는다."('인간적인 것 너무나 인간적인 것')

"우리는 우리 자신을 잘 알지 못한다. 우리를 인식하는 자들조차 우리 자신을 잘 알지 못한다. (중략) 우리가 우리 자신을 한 번도 탐구해 본 적이 없기 때문이다."('도덕의 계보학')

이런 문장들은 자기발견, 자기실현의 중요성을 격하게 설파했던 헤르만 헤세와 미셸 드 몽테뉴를 떠올리게 한다. 니체는 이 지점에서 용기가 중요함을 강조한다. 짜라투스트라의 말이다.

"오 나의 형제들이여, 그대들은 용기를 가지고 있는가. 그대들은 용감한가. (중략) 용감한 자란 두려움을 알되 두려움을 지배하며 심연을 들여다보되 긍지를 가지고 들여다보는 자이다. 심연을 들여다보되 독수리의 눈으로 들여다보는 자, 독수리의 발톱으로 심연을 움켜잡는 그러한 자가 참으로 용기 있는 자이다."

니체는 긍정적인 사람은 웃고 노래하고 춤춘다고 말한다. 짜라투스트라는 이렇게 설교했다. "자기 자신의 길을 가고 있는지 아닌지는 걸음걸이에 나타난다. 나의 걸음걸이를 보면 그것을 알 수 있다. 자기의 목표에 접근하고 있는 자는 춤을 추게 마련이다." 자기 자신을 극복한 초인의 행복한 모습이라 여겨진다.

니체가 살았던 시대는 기독 문화 과잉과 진화론 등장, 노동의 기계화와 비인간화, 약육강식의 제국주의와 천민자본주의 발흥으로 혼돈의 도가니에 휩싸여 있었다. 그가 천재 철학자로서 인간 개개인이 행복하려면 주체적인 삶을 반드시 도모해야 하고, 그래야 사회 전체가 발전할 수 있다고 주장한 것은 당연하다 하겠다.

지금도 크게 다를 것 같지 않다. 국가주의와 신자유주의가 범람하는 요즘, 우리는 세상의 흐름을 쫓아가느라 숨이 턱턱 막힐 지경이다. 특히 사회생활을 막 시작한 30대와 사회 중추세력으로 발돋움하는 40대의 어깨는 더없이 무겁다. 생존을 위한 경쟁 체제는 더욱 강고해지고 최첨단 생산수단이 끊임없이 등장함에 따라 긴장의 끈을 놓을 수 없다.

이런 때일수록 긍정과 희망의 끈을 잡고 살아야 한다. 사람에게는 자기 자신조차 믿을 수 없는 놀라운 능력이 있다. 꿈을 향해, 목표를 달성하고자 꾸준히 나아간다면 초월적 신의 도움을 받을 수도 있다.

단 조건이 있다. 자기 정체성을 확보해야 한다. 성장기에 속하는 어린이나 청소년이라면 몰라도 중장년이 되어서까지 자기 자신을 정확히 알지 못하는 건 불행이다. 조금 늦었더라도 자신이 누구인지, 왜 사는지, 어떤 삶을 살고 싶은지 다시 한번 곰곰이 생각해봐야 한다.

평균 기대수명이 길어져 앞으로는 70세, 80세가 되어도 일을 계속할 수 있는 세상이 도래할 것이다. 긴 일생 동안 하고 싶지 않은 일을 억지로 하는 것은 고역이다. 지금 하는 일이 전혀 내

키지 않는데도 생존을 위해 어쩔 수 없이 하고 있다면 인생 재설계를 깊이 고민해 봐야 한다. 주변 환경이 어느 정도 뒷받침되어야 하겠지만 나답게 사는 길을 찾는 것은 진정한 행복을 위해 필수다. 나의 존재, 나의 가치를 정확히 찾아서 그것을 충실히 누릴 줄 알아야 한다. 그래야 내 영혼이 자유로워진다.

"이제 나는 명령한다. 짜라투스트라를 버리고 그대들 자신을 발견하라고." 니체 자신이 쓴 묘비명이다. 결국 철인도 영웅도 넘어서란다.

03
내 인생 내가 가꾼다

지식은 전할 수 있어도 지혜는 전할 수 없다네.
지혜란 찾아낼 수 있고 체험할 수도 있으며 그것을 따를 수도 있고
그것으로 기적을 행할 수도 있지. 그러나 말로 표현하거나
가르칠 수는 없는 법이네.

– 헤르만 헤세 《싯다르타》

반항과 자아실현을 노래한 헤르만 헤세(1877~1962)는 우리나라에서 가장 인기 있는 작가에 속한다. 셰익스피어나 괴테에 못지않다. 중고교생 권장도서 제1호라 할 수 있는 소설 《데미안》덕분 아닐까 싶다.

'새는 알에서 나오려고 투쟁한다. 알은 세계다. 태어나려는 자는 한 세계를 깨트려야 한다.' 《데미안》을 최고의 성장소설로 만

든 멋진 문장이다. 《데미안》이 10대 청소년의 자립을 도모하는 성장소설이라면 헤세의 또 다른 작품 《싯다르타》는 청년, 혹은 어른을 깨우치게 하는 성장소설이다.

내용을 요약하면 이렇다. 주인공 싯다르타는 인도 브라만 집안에서 자란 훌륭한 청년이다. 부모를 비롯한 주변의 모든 사람에게 기쁨을 주지만 정작 자기는 아무런 즐거움을 찾을 수가 없다. 그래서 친구 고빈다와 함께 깨달음을 위한 고행길에 나선다. 숲속에서 절대자 부처(고타마)를 만난 상황에서 친구는 그를 따르지만 싯다르타는 사변적 가르침으로는 해탈할 수 없다는 생각에 체험을 위한 독자 수행을 계속한다.

도시로 내려온 싯다르타는 미모의 여인 카말라를 알게 되고, 상인 카마스바미를 만나 사랑과 부의 희열을 만끽하지만 오래지 않아 허무를 느끼고 새로운 길을 찾아 나선다. 고뇌의 세계에서 벗어나 뱃사공 바수데바와 더불어 강가에 살면서 자기 성찰의 과정을 밟는다. 어느새 뱃사공으로 변신한 싯다르타는 한때의 연인 카말라를 만났으나 곧 그녀의 죽음을 맞이한다. 이즈음 그는 영원한 흐름의 상징인 강가에서 신성한 소리 '옴'을 발견하고 일상의 모든 애욕과 속박에서 벗어나는 자유를 얻는다.

소설 《싯다르타》는 《데미안》 발표 3년 후인 1922년에 나왔다. 두 소설을 함께 읽다 보면 《데미안》에서 대학생 군인으로 성장한 주인공 싱클레어가 어느새 장년 싯다르타로 변신했다는 느낌을 받는다. 두 주인공의 자기실현 수준에는 큰 차이가 있다. 하지만 헤세는 자기발견과 자기실현을 위해서는 남의 가르침이 아니라 스스로의 깨우침이 필요하다고 거듭 강조한다.

첫머리에 소개한 문장은 싯다르타가 깨달음의 경지에 이르렀을 때 우연히 만난 친구 고빈다에게 한 말이다. 이에 앞서 그는 이런 말도 했다.

"(나도) 여러 사상을 가져보긴 했으나 그것을 자네에게 전하기는 힘들 듯싶네. 이보게 친애하는 고빈다, 내가 찾은 사상 가운데 하나는 바로 지혜란 다른 사람에게 전할 수가 없다는 사실이야. 지혜란 현자가 아무리 그것을 전하려 해도 언제나 어리석은 소리로 들리기 마련이거든."

이 말은 싯다르타가 따뜻한 부모 품을 떠나 굳이 고행길에 나선 이유이기도 하고, 중간에 만난 부처의 가르침을 거부한 이유이기도 하다. 지식은 자기보다 수준이 높은 부모나 스승, 현자의 가르침으로 익힐 수 있지만 자기만의 성찰을 도모하는 데 필요한 지혜는 절대 남에게서 배울 수 없다는 뜻이겠다.

싯다르타가 고향을 떠난 것은 아버지의 한계를 보고서다. 아버지는 브라만 계급의 대단한 학자로서 어느 누구보다 존경받는 인물이다. 그러나 아버지가 과연 행복할까에 대해서는 고개를 가로젓는다.

"그렇게 많은 것을 아는 아버지라 한들 과연 참된 행복 속에 살며 진정한 마음의 평화를 얻었던가? 아버지 역시 구도자, 갈구하는 사람에 불과한 것이 아닐까?"

아버지가 아들의 출가를 허락하며 한 말이 예사롭지 않다. "숲속에서 네가 참된 행복을 얻는다면 돌아와 내게도 그 행복을 가르쳐다오." 자식을 얼마나 사랑하고 신뢰했으면 이런 말을 할 수 있을까. 헤세는 싯다르타가 부처의 가르침을 거부하고 떠나는 순간의 심정을 이렇게 묘사했다.

"이제 그는 자신이 더 이상 청년이 아니라 어엿한 장부가 되었음을 깨달았다. 마치 뱀에게서 허물이 떨어져 나가듯 어떤 것이 자신을 떠나갔음을, 젊은 시절 내내 자신을 따라다녔으며 자신의 일부였던 것이 이제는 자신의 마음속에 있지 않음을 확인했다."

소설에서 싯다르타는 누구나 배울 수 있는 지식이 아니라 각고의 독자적 사유와 성찰을 통하지 않고서는 얻을 수 없는 지혜를 찾아 나선 결과 결국 그 목표를 달성했다. 그렇다. 지혜는 우리 인생에서 지식과 비교할 수 없는 최상급의 덕목이다. 서양에서 철학의 영어 표현(Philosophy)은 지혜를 사랑한다는 의미다. 동양에서도 마찬가지다. 불교 핵심 경전인 반야바라밀다심경에서 가장 중시하는 개념이 바로 지혜다. 누군가는 지식이 호구지책이라면 지혜는 인생지책이라고 했다.

자아실현의 지혜를 갈구하는 싯다르타의 이런 모습은 헤세의 다른 작품에도 자주 등장하는데, 사실은 헤세 자신의 인생을 반영한다고 할 수 있다. 헤세는 외할아버지가 저명한 신학자, 아버지가 목사인 집안에서 태어나 당연한 듯 신학교에 진학했으나 적응하지 못해 학업을 중단해야 했다. 부모와의 갈등, 사춘기 반항심과 고독으로 자살을 시도한 적도 있다. 시인이 아니면 아무것도 되지 않겠다는 다짐으로 고서점 판매원이 되면서 비로소 작가의 길을 찾았다. 그가 만약 순순히 부모의 가르침을 따랐다면 원하지도 않은 목사나 신학자가 되었을 가능성이 높다. 하지만 헤세는 이른 나이에 자기발견을 시도했고, 또 자기실현에 성공했다. 27세 청년기에 소설《페터 카멘친트》를 발표해 유명세를 탔으며 41세 때 소설《데미안》으로 일약 세계적인 작가로 발돋움했다. 66세이던 1943년 소설《유리알 유희》를 발표한 덕에 3년 뒤 노벨 문학상을 거머쥐기에 이르렀다.

헤세는 나약한 지식인에 머물지 않았다. 1차 세계대전 시기 애국주의에 동조하지 않는다는 이유로 지식인 계층 동료들로부터 수없이 비난받았지만 굴하지 않았다. 이후 2차 세계대전까지는 인간성 말살을 시도하는 나치에 꾸준히 저항했다. 85세로 세상을 떠날 때까지 그는 자기실현을 위한 주체적 삶을 포기하지 않았다. 그가 대부분의 소설에 시대적 흐름을 반영한 '집단 속 인간'이 아닌 순수 개인을 주인공으로 등장시킨 것은 특기할 만하다. 후세 젊은이들에게 지금도 '다수에 저항하라, 나다움을 찾아라'라는 목소리가 전해지는 듯하다.

PART 1

이 시대 대한민국의 교육 현실은 어떤가. 언젠가부터 '자기주도적 삶'이란 말이 유행처럼 번지고 있다. 하지만 현실은 전혀 다르다. 학교와 학원에서의 주입식 교육은 여전하고 명문대 줄세우기식 입시가 극성이다. 학생 자신의 진로를 결정하는 곳에 학생은 없고 부모와 교사만 보인다.

대학에서 부모가 수강신청을 대신 해주고 학점관리에 부모 도움을 받는 학생이 허다하다. 과거에 없던 일이다. 부모 희망이 반영된 로스쿨 진학이 유행이며 취업은 여전히 고시와 대기업이 목표다. 자기가 주도해야 하는 창업은 겁이 나서 손을 못 댄다.

나이 서른이 넘어 결혼과 출산, 배우자와의 관계까지 부모에게 간섭 받는 게 예사다. 마마보이를 넘어 마마청년, 마마어른이 적지 않다는 얘기다. 출산아 수가 급격히 줄어들어 부모, 조부모의 그늘이 더 커지는 데다 평균 수명이 길어져 건강한 노부모와 함께할 시간이 늘고 있으니 이런 추세는 지속될 가능성이 높다. 경제적 물질적으로 과거 그 어느 때보다 윤택함에도 우리가 그다지 행복하지 않은 이유는 무엇일까. 자랑스럽게도 선진국 대열에 진입했음에도 다른 나라에 비해 유달리 자살률이 높은 이유는 무엇일까. 헤세를 소환하지 않고는 답을 찾기 어렵다.

100년 전에 전해진 싯다르타의 메시지는 여전히 유효하며 소중하다. 자기 자신이 특별한 존재이며 더없이 소중하다는 사실을 빨리 깨달아야 한다. 부모의 희망이나 다수의 집단사고, 거대 종교와 사상에 구속되어서는 행복을 찾기 어렵다는 점을 분명히 인식해야겠다. '인간은 타자의 욕망을 욕망한다'는 프랑스 철학자 자크 라캉의 지적이 당신에게만은 적용되지 않음을 보여줘야 한다.

우리는 자기 인생에서 누구나 주인공이다. 누가 뭐래도 자기 자신이 가장 중요하다. 세상이 희망하거나 요구하는 존재가 아니라 이 세상에 단 하나밖에 없는 나 자신의 참 모습을 찾아내야 한다. 지금도 늦지 않았다.

삶에 대한 그대들의 사랑이
그대들의 최고의 희망에 대한
사랑이 되게 하라.
그리고 그대들의 최고의 희망이
삶에 대한 최고의 사상에
이르도록 하라.

- 프리드리히 니체

Chapter 2

제대로
성공하려면

01
담대하게 전진하라

우리가 준비되지 않았다거나 노력해봐야 안 된다거나
노력할 수 없다는 말을 들었을 때 여러 세대의 미국인들은
우리 국민의 정신을 요약한 단순한 신조로 답했습니다.
아니, 우린 할 수 있어(Yes we can).

– 버락 오바마 《약속의 땅》

미국 대통령을 지낸 버락 오바마(1961~)는 낙관주의와 도전 정신으로 똘똘 뭉쳐진 사람이다. 와스프(WASP, 앵글로색슨계 백인 개신교도)가 주류인 세계 최강국 미국에서 아프리카계 흑인이 대통령이 되어 노벨 평화상까지 받은 것은 기적이라 하지 않을 수 없다.

그가 쓴 회고록《약속의 땅》엔 대통령이 되기까지의 험난했던 여정이 고스란히 담겨있다. 담대한 도전, 끊임없는 시련과 극복 과정, 합리적 낙관주의가 파노라마처럼 펼쳐져 있다. 고비마다 도전정신과 돌파능력을 잉태하는 용기가 차고 넘친다.

첫머리에 소개한 글은 오바마가 2008년 대통령 선거 민주당 후보경선 때, 승리를 장담하던 뉴햄프셔 프라이머리에서 패배하는 바람에 크게 실망한 지지자들을 상대로 행한 연설 내용 일부다. 연설 앞부분은 이랬다.

"우리는 앞에 놓인 전투가 오래갈 것임을 압니다. 하지만 어떤 장애물이 우리 길을 가로막더라도 변화를 위한 수백만의 목소리가 가진 힘을 가로막지는 못할 것임을 늘 기억하십시오."

그는 불가능해 보이는 난관에 좌절하지 않은 사람들, 즉 초기 아메리카 개척자, 노예 해방론자, 참정권 운동가, 이민자, 민권 운동가들이 오로지 희망을 토대로 새로운 역사를 만들었다고 역설해 환호를 유도했다.

오바마는 어머니가 백인이지만 아버지는 아프리카 케냐 출신 흑인이다. 하와이 대학에 유학 온 아버지는 같은 학교에 다니던 어머니를 만나 결혼해 오바마를 낳았지만 얼마 지나지 않아 고국으로 돌아가 버렸다. 이혼하는 바람에 오바마의 아버지에 대한 기억은 10살 때 호놀룰루에서 한 달간 함께 산 것이 전부였다고 한다. 하지만 그는 어머니와 외조부모 손에 똑똑한 청년으로 성장했으며, 하버드대 로스쿨을 졸업하고 변호사가 되었다. 흑인이 많이 사는 일리노이주 시카고에 터 잡은 오바마는 법률회사에 적을 두면서도 시민단체와 자선단체의 각종 사업에 적극 참여했다. 여기서 부인 미셸을 만나기도 했다. 젊고 유능한 변호사, 열정적인 시민운동가는 정치에 관심을 갖게 된다. 일리노이주 상원의원 선거에 출마해 당선되었으나 지방정부 일에 흥미를 느끼지 못한 오바마는 연방 하원의원 선거에 출마했지만 고배를 마신다. 낙심하고 포기할 오바마가 아니다. 부인의 반대를 무릅쓰고 2004년 연방 상원의원 선거에 출마해 당당히 중앙 정치무대에 진입했다. 회고록에서 밝힌 출마 당시의 심경과 다짐은 한마디로 '담대함'이었다.

"(연방 하원의원) 선거에 참패한 지가 엊그제인 주제에 연방 상원 경쟁에 뛰어드는 일이 얼마나 무모하고 후안무치한지, 돌이켜 생각해보면 알코올 중독자가 마지막 딱 한 잔을 합리화하듯 내가 또 한 번의 기회를 갈망했을 가능성을 부정하기 어렵다. (중략) 하지만 당선이 확실하지는 않아도 가능성은 있으며 승리한다면 크나큰 영향을 미칠 수 있을 것 같았다. (중략) 성공하지 못한다면 정계를 떠나야 했다. 최선을 다했다면 후회 없이 떠날 수 있을 것 같았다."

43세 젊은 흑인 운동가가 무려 70%의 지지율로 상원의원에 당선되자 워싱턴 정가는 곧바로 그를 주목하게 된다. 직전 민주당 대선후보 선출 전당대회에서 상원의원 선거 예비후보 자격으로 명연설을 해 이름을 알린 터라 졸지에 떠오르는 별이 된 것이다. 초선 상원의원으로 불과 2년쯤 일했을 때 주변에서 대선 출마를 권했다. 햇병아리 상원의원이, 그것도 백인들이 멸시하는 아프리카계 흑인이 대통령이 된다는 게 과연 가능한 일일까. 지명도가 높고 경륜이 많은 선배 의원들을 모두 제쳐야 하는 시점에서 그는 또 한 번 담대한 결단을 내린다. 오바마는 당시의 심경을 이렇게 회고했다.

"나는 오래전에 내기를 걸었고 이제 결과를 확인할 때가 되었다. 나는 보이지 않는 선(線), 내가 상상할 수 없었고 어떤 면에서는 좋아하지 않았을지도 모르는 방식으로 삶을 가차 없이 바꿔놓을 선을 넘으려는 참이었다. 하지만 지금 멈추는 것, 지금 돌아서는 것, 지금 겁먹는 것은 용납할 수 없었다."

민주당 후보경선에서 지명도 높은 힐러리 클린턴, 백전노장 조 바이든과 경쟁해야 했다. 하지만 오바마는 첫 번째 아이오와주 프라이머리에서 2위 클린턴을 8% 포인트 차로 따돌리는 이변을 연출했다. 바이든은 곧바로 사퇴했다. 우여곡절 끝에 민주당 대선후보로 선출된 오바마는 본선에서 전쟁 영웅으로 추앙받던 공화당 대선후보 존 메케인과 초반 접전을 벌였으나 결국 큰표차로 승리를 거머쥐었다. 어려움이 얼마나 많았겠는가. 선거기간 중 그를 가장 괴롭힌 것은 인종적 정체성이었다. 특히 흑인과 이민 사회에 냉담한 공화당에선 마타도어 흑색선전을 서슴지 않았다.

"오바마는 캐냐에서 태어나 미국 시민권이 없다, 오바마는 출생신고서가 없으며, 하와이에서 태어났다는데 본 사람이 아무도 없다, 이름이 오사마 빈 라덴과 비슷한 걸 보면 테러세력과 연관이 있으며 이슬람교를 믿는다, 대통령이 되면 흑인들을 돕기 위해 백인들의 세금을 크게 올릴 것이다."

하지만 오바마는 대선 기간 내내 담대함과 평정심을 유지했다. 미래를 향한 인종적 화합을 부르짖고, 글로벌 금융위기 극복과 사회 개혁을 위한 젊은 리더십의 필요성을 소리 높여 외쳤다. 미국인들은 꺼림칙해 하면서도 그의 손을 들어줬다. 취임해서는 금융위기 극복을 위해 동분서주하는가 하면 사회 개혁에 박차를 가했다. '오바마 케어'라 불리는 의료보험의 획기적 개선이 대표적이다. 그간 미국은 선진국 가운데 국민에게 보편적 의료보험을 제공하지 않는 유일한 국가였다. 의료보험을 개혁하겠다는 그의 계획은 매우 급진적인 도전이었다.

통제 불능 상태이던 거대한 의료산업 구조를 혁파하고, 전 국민에게 기본적 의료보험 혜택을 제공하는 것이기에 기득권층의 반발이 거셀 수밖에 없었다. 보수층을 대변하는 공화당은 말할 것도 없고 민주당 일부 의원들까지 설득해야 하는 힘든 과제였다. 온갖 어려움에 부딪혔으나 결국 그는 취임 1년 2개월 만에 해내고야 말았다. 저명 언론인 조너선 체이트는 당시 상황을 이렇게 평가했다.

"대통령 임기 중에 오바마가 자신의 개인적인 특성을 가장 두
드러지게 보여주었던 대목은 의료보험 개혁과 관련하여, 민주당
은 물론 많은 행정부 인사들의 만류에도 불구하고 앞으로 나아
가겠다고 과감하게 결정을 내렸을 때였다. 모두가 지지를 거두
어들이고 각계에서 비난이 쏟아지는 상황에서도 오바마는 용기
와 도덕적 결단력, 그리고 냉정한 자세를 보여주었다."

이런 리더십 덕분에 그는 손쉽게 재선에 성공했으며 세계 최
강국을 별 탈 없이 이끌 수 있었다. 국제사회에서도 인정받아 노
벨 평화상을 수상하는 영광을 누렸다. 그가 성공한 대통령 반열
에 오를 수 있었던 것은 역시 불굴의 낙관적 도전정신 아니었나
싶다.

인생을 살다 보면 실패를 각오하고 도전해볼 것인가, 아니면
현재 상태에 만족하며 편안하게 살 것인가 고민할 때가 있다. 여
러 차례 그런 상황을 맞이하는 사람도 있다. 정답은 없다. 어떤
길을 선택할지는 전적으로 자기 자신의 몫이다. 하지만 자신이
아직 젊다고 생각된다면 현실 안주 대신 도전을 선택해 보는 것
이 어떨까. 사실 크게 성공한 사람은 십중팔구 도전을 선택했다
고 보면 된다.

아마존닷컴을 일궈낸 제프 베조스의 도전이 대표적이다. 젊은
나이에 100만 달러 연봉을 받는 잘나가는 월가 증권맨이었으나

인터넷 사업에 끌려 회사에 사표를 냈다. 거액의 스톡옵션을 주겠다며 사표 번복을 권유하는 사장에게 했다는 그의 말은 울림이 크다.

"사실 저도 매우 두렵습니다. 하지만 80세가 되었을 때 과연 무엇을 후회할 것인가를 생각해보았습니다. 스톡옵션이냐, 새로운 도전이냐. 아마 저는 도전하지 못한 것을 더 후회할 것 같습니다."

오바마와 베조스에게 미국 시인 랄프 왈도 에머슨이 큰 용기를 주었는지도 모른다. "여러분이 결정을 내리면 우주가 몰래 힘을 모아 결정된 사항을 실현시킬 것입니다." 어쩌면 신이 도와줄 수도 있지 않을까.

거인들의 인생문장

02

잃어버린 시간은
되찾을 수 없다

게으름은 모든 미덕을 삼키는 사해(死海)와 같다.
유혹에 사로잡히지 않도록 언제나 능동적이고 부지런한 삶을 살아라.
나뭇가지에 오래 앉아 있는 새는 사냥꾼의 총에 쉽게 맞는다.

– 벤저민 프랭클린 《가난한 리처드의 달력》

세계 최강국 미국에는 위인으로 칭송받는 사람이 참 많다. 벤저민 프랭클린(1706~1790)도 다섯 손가락 안에 들어가는 위인이다. 정치가 외교관 과학자 사업가 문필가로 활동하며 국가 독립을 이끌어내고 민주주의 초석을 세운 인물이다. 100달러짜리 지폐에 그의 초상화가 새겨진 연유다. 흔히 그는 '가장 지혜로운 미국인'이라 불린다. 가난한 집안에서 태어나 철저한 자리관리로 인간 승리를 이룬데다 진솔하고 소박한 삶을 살았다. 겸손한 태도는 그를 더욱 빛나게 했다. 세계인으로부터 존경받는 이유다.

프랭클린은 20대 청년기에 완벽한 삶을 꿈꾸며 13개 인생지침을 마련해 실천했다. 인생에서 성공을 바란다면 누구나 본받아 행동에 옮겨야 할 덕목들이다. 절제, 침묵, 질서, 결단, 검약, 근면, 진실, 정의, 중용, 청결, 침착, 순결, 겸손이 그것이다. 이 가운데 여기선 근면과 절제 2가지를 특별히 눈여겨 살펴본다. 그가 성공한 결정적 비결이 여기에 숨어있지 않을까 해서다. 그의 저서《가난한 리처드의 달력》에 구체적으로 정리되어 있다.

프랭클린은 인쇄소를 경영하던 1732년부터 25년 동안 '리처드 손더스'란 이름으로 매년 달력을 만들어 판매했다. 달력의 여백 곳곳에 교훈적인 금언이나 삶의 지혜를 써넣었는데 독자들의 반응이 굉장히 좋았다. 훗날 이를 책으로 엮은 것이《가난한 리처드의 달력》이다. 프랭클린은 달력을 통해 "최고의 신용은 성실"이라며 부자가 되기 위해선 부지런해야 함을 수없이 강조했다.

"부지런한 사람의 집에는 가난이 잠시 들여다보지만 감히 집 안으로 들어오지는 못한다, 게으름은 걸음이 너무 느려 가난에게 금세 뒷덜미를 잡히게 된다, 한 방울의 낙숫물이 바위를 뚫는다, 생쥐의 부지런함과 끈기가 밧줄을 끊는다, 잠자는 여우는 한 마리의 닭도 잡지 못한다. 그러니 일어나라, 어서 일어나라, 부지런한 사람에게 게으른 손님은 없다, 끓고 있는 주전자에는 파리가 앉지 못한다."

프랭클린은 근면을 실천하고자 특별히 애썼다. 인쇄소를 경영할 때 부지런해서 성공할 젊은이란 평판을 얻고자 부단히 노력했다. 그의 자서전에 나오는 말이다.

"나는 상인으로서 신용과 평판을 생각해 항상 부지런하고 검소하게 생활하였다. 또 그렇게 보이도록 겉모습에도 많은 신경을 썼다."

그는 "잃어버린 시간은 되찾을 수 없다"라며 철저한 시간관리가 필요하다고 강조했다.

"오늘의 하루는 내일의 이틀이다, 천천히 서둘러라. 오늘의 계란 하나가 내일의 암탉 한 마리보다 낫다, 인생을 사랑한다면 시간을 낭비하지 말라. 인생은 시간으로 이루어져 있다."

그는 또 절제가 더없이 중요함을 알고 있었다.《가난한 리처드의 달력》에 그는 이렇게 썼다.

"키케로는 '위대한 사람 중에 부지런하지 않은 사람이 없다'라고 말했지만 여기에 나는 이 말을 덧붙이고 싶다. '부지런한 사람 중에는 금욕과 절제를 하지 않은 사람은 없다.' 왜냐하면 절제하지 않는 식욕은 정신과 신체의 활동을 게으르게 만들기 때문이다."

프랭클린은 종교개혁가 마틴 루터와 존 칼뱅의 금욕생활을 전하면서 과식과 과음을 경계하라고 주문했다.

"과식은 모든 악의 근원이다, 배가 부르면 머리가 둔해진다,

시인은 요리사의 집에서도 굶는다, 술을 쏟은 사람은 술만 잃지만 술을 마신 사람은 술과 함께 자기 자신도 잃는다, 마시지 않은 채 자면 그만큼 빚 없이 일어나게 된다.”

프랭클린의 이런 생활 태도는 스스로 깨우친 것이다. 가족 중에는 도와주거나 밀어주는 사람이 아무도 없었다. 그는 미국 보스턴에서 가난한 양초 제조업자의 17명 자녀 중 15번째로 태어났다. 12세에 형이 운영하던 인쇄소에 견습공으로 취직해서 일하다 17세에 필라델피아로 옮겨 역시 인쇄공으로 일했다. 22세에 따로 인쇄소를 차렸으며, 1년 후 ‘필라델피아 가제트’란 신문을 인수해 발행인이 되었다. 그는 독서광이었다. 학교 교육은 2년이 전부였으나 다방면의 인문고전 독서로 20세 무렵부터 지식인 대접을 받았다. 10대 때 형 인쇄소에서 일할 때의 회고다.

“나는 채식 요리법을 배워 형이 주는 식비의 절반을 절약할 수 있었다. 그 돈으로 책을 샀다. 혼자 식사를 해결하는 것은 큰 이점이었다. 형과 견습공들이 식사하러 나간 사이에 혼자 인쇄소에 있을 수 있었다. 나는 물 한 잔에 비스킷이나 빵, 건포도 파이 등으로 식사를 간단히 때우고는 사람들이 돌아올 때까지 공부에 열중했다. 먹고 마시는 것을 절제하니 머리가 훨씬 맑아지고 이해도 빨랐다.”

프랭클린은 ‘전토(Junto)’란 독서토론 클럽을 만들고, 미국 철학회를 창립해 지식인 사회에 두각을 나타냈다. 프랑스어, 이탈리아어, 라틴어에 능숙했으며 아이디어가 많아 회원제 도서관을 운영하고 소방대와 대학을 만들기도 했다. 피뢰침, 스토브, 이중 초점안경, 시계초침을 발명한 것도 프랭클린이다. 그는 인쇄사업을 하며 30세 무렵부터 공직에 진출해 주 의회 서기, 우체국장 등을 역임했다. 40세를 넘기면서는 필라델피아 시의회 의원을 맡아 정계에 진출했다. 이후 식민지 체신부 장관을 맡는가 하면 식민지 대표로 오랫동안 영국에 머물기도 했다. 1775년 귀국하여 대륙회의 대표로 선출되고 이듬해 토머스 제퍼슨 등과 함께 미국 독립선언서를 작성하게 된다. 이후 프랑스로 건너가 1783년 미국과 영국 간 평화조약을 체결토록 했으며, 1787년에는 미국 헌법을 기초하는 데 참여했다. 제퍼슨 등과 함께 미국 건국의 아버지라 불리는 이유다. 그의 성공적인 인생은 오로지 자기 힘으로 가꾼 것이다. 그 누구도 따를 수 없는 다재다능함은 독서에서 비롯됐다고 봐야 한다

"나는 술집에도 가지 않았고 노름 따위의 어떤 잡기에도 관심을 두지 않았다. 오직 독서만이 나 자신에게 허락한 유일한 오락거리였다."

2년간 학교를 다닌 덕에 기초적인 글 읽기와 셈법 정도는 깨우쳤지만 더 이상 자기계발에 관심을 두지 않았다면 평범한 인쇄공으로 인생을 마쳤을지도 모른다. 하지만 프랭클린은 자기만의 인생지침을 만들어 애써 실천한 결과 팔방미인이 된 것이다.

근면이 성공을 위한 제1 덕목임은 누구나 안다. 직업과 상관없다. 무슨 일을 하든 부지런하지 않고서는 실적을 내기 어렵다.

직장생활을 한다고 치자. 요즘 웬만한 기업에선 주52시간제를 실시하기 때문에 야근이 거의 사라졌다. 하지만 주어진 시간에 최선을 다해 일하는 사람과 월급만 받으면 그만이라는 생각에 빈둥빈둥하는 사람 간 차이는 사뭇 크다. 일과 후 대책 없이 노는 사람과 자기 발전을 위해 꾸준히 외국어 공부를 하는 사람 간 차이도 마찬가지다. 입사 동기라 해도 20년, 30년 후에 성취나 지위에 큰 차이가 나는 이유다.

부지런하다고 다 성공하는 것은 아니다. 그러나 성공한 사람 중에 게으른 사람은 거의 없다. 부모한테 물려받은 재산을 믿고 게을리 살다 까먹는 것은 시간문제다. 머리 좋다고, 혹은 어릴 적 공부 좀 잘했다고 거들먹거리다 놈팡이가 되는 것을 흔하게 본다.

절제에 해당하는 검약도 성공의 필수 요소다. 돈을 아무리 많이 벌어도 더 많이 써버리면 부자가 될 리 없다. 검약은 프랭클린이 근면 못지않게 중시했던 덕목이다. 그는 "버는 돈에 비해 적게 쓰는 법을 안다면 '현자의 돌'을 가진 것과 같다"라고 했다. 이런 가르침도 있다. "검약은 훌륭한 소득이다."(데시데리우스 에라스무스) "지나치게 소박한 생활을 했다고 후회하는 사람은 아무도 없다."(레프 톨스토이) "사치하면 교만하기 쉽고 검약하면 고

루하기 쉽다. 교만한 것보다는 차라리 고루한 것이 낫다."(논어)

근면과 절제가 중요한 줄 알지만 실천하긴 어렵다. 실천하려면 습관을 들여야 한다. 프랭클린도 습관 들이기의 중요성을 잘 알고 있었다. 게으르고 낭비하는 습관은 지금 당장 고칠 것을 주문했다.

"나중에 고치겠다고 결심하는 것은 지금 고치지 않겠다고 결심하는 것이다."

03
책은 평생 읽어야 한다

사람이 도리를 드러내는 데에는 이치를 헤아리는 것보다
우선하는 것이 없고, 이치를 헤아리는 데에는
독서보다 앞서는 것이 없다.
왜 그러한가. 옛 성현들이 마음을 쓴 자취와 본받거나
경계해야 할 선과 악이 모두 책 속에 들어있기 때문이다.

- 율곡 이이《격몽요결》

　　율곡 이이(1536~1584)는 조선조 최고의 사상가이자 경세가다.
그리고 참교육을 실천한 걸출한 스승이다. 평생 정치에 몸담았
지만 능력과 인품이 워낙 훌륭해 반대파로부터 욕을 거의 먹지
않은 특이한 선비였다. 그 이유는 뭘까. 공부를 제대로 했기 때문
이라고 나는 생각한다. 율곡은 42세 되던 해에 초학자들을 위한

052   PART 2

공부 지침서 《격몽요결》을 편찬했다. 벼슬을 그만두고 황해도 해주에 내려가 제자들을 가르칠 때 교재의 필요성을 절감해서 다. 자기처럼 열심히, 그리고 제대로 공부하는 것이 선비의 삶에 얼마나 중요한지 그즈음 온몸으로 느끼지 않았을까 싶다.

서두에 소개한 말은 전체 10개 장으로 구성된 《격몽요결》의 네 번째 장 '독서'에 나오는 문장이다. 사람이 도리를 다하면서 살려면 세상 돌아가는 이치를 깨달아야 하며, 그렇게 하는데 독서가 최고란 얘기다. 율곡은 벼슬을 하기 위한 방책으로 성장기 에만 독서를 해선 안 되며 죽을 때까지 해야 한다고 역설했다. 자신의 일생을 반영하는 말이기도 하다.

율곡은 천재적인 두뇌를 갖고 태어났다. 세 살 때부터 책을 읽기 시작했으며 여섯 살 때부터 어머니 신사임당에게서 경전과 사서를 익혔다. 일곱 살 때부터 짧은 글을 지었는데, 여덟 살 때 아버지 고향인 임진강변 화석정(경기도 파주)에 올랐다가 지은 시가 지금까지 전해진다. 13세 되던 해에 진사 초시에 급제할 정 도로 공부에 두각을 드러낸 율곡은 청소년기에 어머니의 죽음으 로 잠시 방황했으나 29세에 문과에 급제할 때까지 크고 작은 시 험에 무려 일곱 번이나 장원을 한 것으로 유명하다.

벼슬길에 나선 율곡은 줄곧 엘리트 코스를 밟았으며, 대사헌 과 호조, 이조, 형조, 병조 판서를 잇따라 맡는 등 크게 출세했다. 학문에도 정진해 정치 및 사회 개혁 방안을 담은 《동호문답》과

왕도정치 사상서인《성학집요》등을 집필했다. 선조 임금에게 경제사 설치 등 국정 개혁을 끊임없이 건의하는 적극적 경세가였다. 우리 역사에서 대표적 위인으로 추앙받는 이유다. 그의 이런 행보는 공부를 하되 과거시험 등 오로지 세속적 출세를 위한 것이 아니라 옳고 바른 삶을 목표로 삼은 결과 아닐까 싶다. 율곡은《격몽요결》서문에 공부(학문)의 필요성을 이렇게 표현했다.

"사람이 세상을 살아가는 데 학문을 하지 않으면 사람이라고 할 수 없다. 그런데 학문이란 이상하고 별다른 물건이나 일이 아니다. (중략) 날마다 사용하고 행동하고 머무는 동안 모든 일이 그 마땅함을 얻는 것이 학문일 따름이다. 학문을 하지 않는 사람은 심지가 꽉 막히고 식견이 어둡기 때문에 반드시 책을 읽어 이치를 궁리하고 마땅히 가야 할 길을 밝게 알아야 비로소 조예(造詣)가 바르게 되고 실천이 중(中)을 얻게 되는 것이다."

그렇다. 공부, 특히 독서는 훌륭한 인생을 살려면 예나 지금이나 반드시 힘써서 해야 한다.《격몽요결》독서 편을 자세히 들여다보면, 얼렁뚱땅 책장만 넘길 게 아니라 정독해야 한다는 말이 여러 차례 나온다. 독서 하는 방법으로 율곡은 반드시 단정한 자세로 앉아 공경하는 마음으로 책을 대해야 하며, 마음을 집중하고 숙독해야 한다고 강조했다. 이에 그치지 않고 실천을 염두에 두라고까지 했다.

"독서 할 때는 글의 의미와 뜻을 깊이 터득하고 글 구절마다 반드시 자기가 실천할 방법을 구해야 한다. 이렇게 하지 않고 입으로만 읽을 뿐 마음으로 본받지 않고 몸으로 행하지 않는다면 책은 책대로 있고 나는 나대로 있을 뿐이니 무슨 이익이 있겠는가."

율곡이 살았던 그 시절 선비란 기본적으로 글 읽는 사람이었다. 벼슬에서 물러나더라도 농사를 짓지 않는 한 쉬지 않고 글을 읽었다. 그것이 직업이자 일상이었다. 비록 학자가 아니라도 꾸준히 독서를 해야 삶의 지혜를 얻을 수 있다는 걸 알고 있었기 때문이다. 조선왕조실록에 남겨진 세종대왕의 말에서 이런 분위기를 엿볼 수 있다.

"내가 경서와 사서는 보지 않은 것이 없지만 이제 늙어서 능히 기억하지 못한다. 그러나 지금도 책 읽는 것을 멈추지 않는 까닭은 다만 글을 읽는 동안에는 새로운 생각이 떠올라 여러 가지로 정사에 도움 되는 것이 많기 때문이다. 이렇게 본다면 책 읽는 것이 어찌 유익하지 않겠는가."

단순히 읽는 데 그치지 않고 사색과 토론하는 기회를 가지기도 했다. 독서는 공부의 기본일 뿐 전부는 아니다. 조선조 선비들은 함께 모여 책을 읽고, 강연을 하거나 듣는 자리를 마련했다. 관직에 있을 때는 경연에 참석했으며, 물러나면 자택이나 고향 서원에 출입하며 토론을 즐겼다. 율곡이 대표적인 케이스다. 그는 관직에서 물러난 뒤 황해도 해주로 갔다. 그곳 석담에 은거하며 은병정사라는 학교를 짓고 독서를 즐기며 제자들을 가르쳤다. 저술 활동도 병행했다. 그가 살다간 48년은 한 마디로 독서 인생이라 해도 과언이 아니다. 독서는 율곡이 아니라도 동서고금의 성현과 위인들이 그 특별한 중요성을 수천, 수만 종류의 말과 글로 남겼다. 그중에서 나는 로마 철학자이자 시인 키케로의 이 말을 제일 좋아한다.

"책은 청년에게 음식이 되고 노인에게는 오락이 된다. 부자일 때는 지식이 되고 고통스러울 때는 위안이 된다."

남녀노소 빈부귀천 가릴 것 없이, 기쁠 때다 슬플 때나 항상 책을 가까이해야 하며, 가까이할 가치가 있음을 강조한 멋진 표현이다. 그렇다. 독서는 먼저 살다간 훌륭한 스승과 인격적으로 만날 수 있게 하며, 저자와의 창조적 만남을 통해 세상을 헤쳐나가는 지식과 지혜를 무궁무진하게 제공해 준다. 책은 나에게 인생살이 상담해주는 최고의 친구라 해서 결코 틀린 말이 아니다. 그럼에도 우리 현실은 독서와 아예 담쌓고 사는 사람이 너무나 많다. 학창 시절이 끝나면 1년에 시 한 편, 에세이 한 권조차 읽지 않는 사람도 적지 않다. 인생의 성공과 행복을 바란다면 절대 안될 일이다.

독서를 많이 한다고 해서 반드시 성공하는 것은 아니다. 그러나 성공한 사람 중에 독서를 멀리한 사람은 거의 없다. 십중팔구 어린 시절, 혹은 청년기에 독서광이었다고 보면 된다. 결코 짧지 않은 인생, 한 가지 직업으로 끝까지 살라는 보장이 없다. 특히 행복을 생각하면 학창시절을 마무리하며 결정한 진로를 그대로 유지할 필요도 이유도 없다. 어린 시절 공부했던 지식은 한계가 있다. 대부분 짧고 얕다. 나이 들어 독서에 제대로 취미를 붙이면 큰 힘 들이지 않고 엄청난 양의 지식과 지혜를 구할 수 있다.

중장년층의 1순위 독서로 나는 고전을 권한다. 학창 시절엔 책벌레가 아닌 이상 고전 만나기가 쉽지 않다. 입시 대비 학업에 매달리느라 방대한 고전 읽기란 엄두조차 내기 어렵다. 하지만 동서양 고전에는 삶에 유익한 지혜와 아이디어가 무궁무진하게 담겨있다. 먼저 살다간 수많은 선배 독자들에 의해 검증된 책이다.

짧게는 50년, 길게는 2000년 이상 독자들에게 꾸준히 감동을 준 책이기에 우리 시대 독자들에게도 유익한 것은 당연하다. 철학 서적도 좋고 문학 서적도 좋다. 예술이나 과학서적이면 또 어떤가. 세상에 선한 영향을 끼쳤던 저자들의 작품을 통해 오늘의 나 자신을 성찰하는 재미는 꽤 쏠쏠하다. 서양 사람들에게도 고전은 독서의 필수다. 그리스 로마 신화에서 출발해 각종 역사서를 읽고 저명 문학 작품들을 만난다.

따지고 보면 율곡 같은 사람에겐 고전이 사실상 독서의 전부였다. 중국의 경전과 역사서, 그리고 시문을 주로 읽으며 살았다. 과거시험을 준비하며 읽었던 책을 읽고 또 읽었다고 봐야 한다.

율곡이 강조하고 실천했듯이 독서할 때는 사색과 토론을 함께 하는 것이 좋다. 토론할 기회를 잡기 어렵다면 사색이라도 해야 한다. 아무 생각 없이 읽기만 한다면 도움이 반감된다. 인간은 질문하는 동물이다. 독서하는 동안 자문자답이라도 하는 것이 좋다.

세상을 널리 탐험하라

내 삶에 가장 큰 은혜를 베푼 요소는 여행과 꿈이었다.
내 영혼에 깊은 자취를 남긴 사람들의 이름을 대라면 나는 아마
호메로스와 붓다와 니체와 베르그송과 조르바를 꼽으리라.

– 니코스 카잔차키스《영혼의 자서전》

여행은 어느 시대, 어느 사회에서나 장려 대상이다. 앞뒤 꽉 막힌 사람이라면 "왜 일은 안 하고(혹은 공부는 안 하고) 맨날 싸돌아다니느냐"라고 나무랄 수도 있겠다. 하지만 상식을 가진 사람이라면 누구나 더 늦기 전에 여행 다니며 널리 세상을 탐구하라고 조언할 것이다. 동서양 속담은 현명하다. 여행이 단순히 먹고 즐기는 유흥이 아니라, 보고 경험하고 익히는 인생 공부란 의미가 새겨져 있기 때문이다.

"만 권의 책을 읽고 만 리 길을 여행하라."(중국)

"자식을 사랑한다면 여행을 보내라."(일본)

"여행하는 자가 승리한다."(유럽)

그리스 작가 니코스 카잔차키스(1883~1957)는 노년에 쓴《영혼의 자서전》에서 여행과 꿈의 중요성을 강조했다. 여행을 하면 꿈이 생기고, 그 꿈을 이루려면 또 여행을 해야 한다는 뜻으로 읽힌다. 그가 인생에서 큰 영향을 받았다고 지목한 사람들의 면면을 살펴보자. 그리스의 전설적 시인 호메로스를 생각하면 10년간의 해상 표류와 모험을 그린 대서사시《오디세이아》가 떠오른다. 인도의 성자 붓다는 29세에 출가해 35세에 깨달은 뒤 평생토록 세상을 여행하며 설법을 전했다.

독일 철학자 니체 하면 깊은 숲속에서 깨달음을 경험한 뒤 도시로 내려와 긍정 마인드로 희망을 노래한 짜라투스트라가 떠오른다. 프랑스 철학자 배르그송은 이성에 반기를 들고 '삶의 철학'을 추구했던 사람이다. 모두 여행과 꿈을 중시했던 인물이다.

마지막에 언급한 조르바는 누구인가. 그는 카잔차키스를 세계적 작가로 키운 소설《그리스인 조르바》의 주인공이기도 하지만 실존 인물이다. 젊은 시절 갈탄 채취 사업을 함께 했던 카잔차키스의 친구다. 카잔차키스는 다섯 사람 중 평범하면서도 위대한 조르바를 최고로 쳤다.《영혼의 자서전》에서 그는 조르바를 이렇게 묘사했다.

"힌두교도들은 구루라 부르고 수도승들이 아버지라 부르는 삶의 길잡이로 한 사람을 선택해야 했다면 나는 틀림없이 조르바를 선택했을 것이다."

조르바는 실제로나 소설에서나 영혼이 자유로운 사람이다. 아무 데도 얽매이지 않는 여행자다. 갈탄 사업이 완전 실패로 확인된 날 그는 바닷가에서 펄쩍펄쩍 뛰며 춤을 추었다. 영화《그리스인 조르바》에서 주인공 안소니 퀸이 해변에서 춤추는 장면이 그것이다. 책상물림인 작가 카잔차키스를 다시 태어나게 한 사람이 바로 조르바이다.

여행의 최고 강자, 최고 수혜자는 바로 카잔차키스 자신이다. 그가 살다간 74년 인생을 한마디로 요약하면 '여행과 글쓰기'라 해도 틀리지 않을 것이다. 그는 노벨 문학상을 받지는 못했지만 세계 문학계에서 그 이상의 대접을 받는다.

"카잔차키스야말로 나보다 백 번은 더 노벨 문학상을 받았어야 했다. 그의 죽음으로 우리는 가장 위대한 예술가를 잃었다."
-알베르 카뮈

"카잔차키스가 그리스인이라는 것은 비극이다. 이름이 카잔촙스키이고 러시아어로 작품을 썼더라면 그는 톨스토이, 도스토옙스키와 어깨를 나란히 할 수 있었을 것이다."
- 콜린 윌슨

그는 신들의 보금자리라 할 수 있는 지중해 크레타섬에서 태어났다.《영혼의 자서전》을 보면 그는 마치 여행과 순례를 하기 위해 태어난 사람 같다. 여행의 행복을 이렇게 묘사했다.

"여행을 하면 기다리는 참을성이 생기리라는 생각에 나는 우아한 에게해의 산토리니, 낙소스, 파로스, 미코노스섬을 순회하는 범선에 몸을 실었다. 세상에서 인간에게 주어지는 가장 큰 기쁨 중 하나는 부드러운 산들바람이 부는 봄철에 에게해를 항해하는 즐거움이라고 나는 새삼스럽게 느꼈다. 나는 천국이 어느 면에서도 그보다 더 훌륭하리라고는 생각되지 않는다."

더 멋진 표현이 있다.

"여행을 하는 동안 지적인 고민이 한 번도 내 마음을 어지럽히지 않았고, 해결해야 하지만 능력이 없다는 창조의 고뇌를 지녔음을 일깨우려는 꿈이 단 한 번도 내 잠을 설치게 하지 않았다. 마치 내 영혼 또한 육체가 되어 안락한 상태에서 세상을 보고 듣고 냄새 맡았듯이 나는 자유로운 소박함 속에서 세계를 보고 듣고 냄새 맡았다."

실제로 그는 아테네 대학교에서 법학을 공부했지만 작가의 꿈을 좇아 유럽 각국과 이집트, 이스라엘, 중국, 일본 등지를 두루 여행하며 살았다. 여행길에서 갖가지 기행문은 물론 철학 논문과 희곡, 서사시를 구상하고 썼다. 24세에 프랑스로 유학한 그는 베르그송의 강의를 듣고 니체를 주제로 논문을 썼다. 희곡과 에세이를 잇따라 발표하며 작가로서의 길을 본격적으로 걷기 시작한다. 이탈리아를 경유해 그리스로 돌아온 카잔차키스는 아토스산을 장기간 여행하며 성경과 불경, 단테에 심취한다. 34세에 조르바와 함께 갈탄 채취사업을 시작했으나 실패한 뒤 스위스로 건너가 니체의 발자취를 살핀다. 공공복지부 장관을 맡았으나 1년 만에 그만두고 프랑스와 독일 곳곳을 여행한다.

오스트리아와 이탈리아에 체류하면서 희곡《붓다》를 집필했으며 언론사 특파원 자격을 얻어 이집트와 시나이를 방문하기도 했다. 40대 중반 무렵 소련 정치와 문학에 심취한 그는 러시아 구석구석을 여행했다. 52세에는 여행기 집필을 위해 일본과 중국을 방문했다. 57세에《영국 기행》을 쓴 뒤에도 유럽 각국을 돌며 집필을 계속했다. 그의 여행과 집필은 74세 때 중국 여행을 마치고 돌아오는 길에 얻은 병으로 세상을 떠날 때까지 계속된다. 독일에서 사망한 카잔차키스는 크레타섬 고향 마을에 묻혔다. 소박한 묘지에는 자신이 생전에 준비한 비명이 새겨져 있다.

"나는 아무것도 바라지 않는다. 나는 아무것도 두려워하지 않는다. 나는 자유다."

카잔차스키의 삶, 부럽지 않은가. 터키의 지배를 받는 약소국 그리스 출신이지만 세계 곳곳을 누비며 멋진 인생을 꾸몄다. 낯선 곳에서의 경험 하나하나가 30편 이상의 소설과 희곡, 에세이를 집필하는 데 살과 피가 되었다. 그의《영혼의 자서전》은 한 편의 멋진 여행기를 읽는 듯하다. 여행은 작가뿐만 아니라 누구한 테나 유익하다. 젊은 시절 여행은 더더욱 그렇다. 견문을 한없이 넓혀주기 때문이다. 독서 못지않게 자기 연마에 도움이 된다. 위 인들의 말을 들어보면 고개가 절로 끄덕여진다.

"여행은 한 권의 책이다. 여행하지 않은 사람은 그 책의 한 페이 지만을 읽었을 뿐이다."

- 성 아우구스티누스

"여행은 무엇보다 위대하고 엄격한 학문과도 같은 것이다."

- 알베르 카뮈

"지혜는 받는 것이 아니다. 우리는 그 누구도 대신해 줄 수 없는 여행을 한 후 스스로 지혜를 발견해야 한다."

- 마르셀 프루스트

"여행을 떠날 각오가 되어 있는 사람만이 자기를 묶고 있는 속박 에서 벗어날 수 있다."

- 헤르만 헤세

그렇다. 여행은 최고의 공부다. 공부라고 해서 어린아이들을 생각할 수도 있겠지만 실상 아이들에게 여행의 효과는 그다지 크지 않다. 느낌도 크지 않을뿐더러 나이 들면 기억조차 잘 하지 못한다. 노인들의 효도 여행은 공부보다 피로가 앞선다. 여행의 가성비는 역시 젊은이들에게 가장 좋다. 혁명가 체 게바라가 "청춘은 여행이다"라고 말한 이유 아닐까 싶다. 그의 목소리가 멀리서 들려오는 듯하다.

"찢어진 주머니에 두 손 내리꽂은 채 그저 길을 떠나도 좋다."

30년, 혹은 40년을 살았다고 치자. 멋진 여행을 자주 하다 보면 살아온 인생이 자연스럽게 정리된다. 반성할 것은 반성하고 단념할 것은 단념하는 계기가 될 수 있다. 40년, 50년을 더 살 것이라고 가정해보자. 좋은 여행을 하다 보면 살아갈 인생에 또 다른 그림이 그려진다. 세상을 바라보는 새로운 눈을 가질 수 있기 때문이다. 굳이 시간과 돈이 많이 드는 해외여행일 필요는 없다. 국내에도 탐험할 곳이 수없이 많다. 그곳의 역사를 감상하고 미래를 꿈꾸다 보면 절로 삶의 용기가 생긴다. 카잔차키스는《영혼의 자서전》에 남긴 산문시에서 이렇게 당부했다.

"할 일이 눈앞에 있으니 키를 잡고 두려워하지 말고, 뜻을 위해 젊음을 바치고, 눈물은 절대 흘리지 말라."

거인들의 인생문장

05
돈은 축복이자 저주이다

돈은 도처에 해독을 끼치고 파괴를 일삼으면서도 사
회적 식물을 키우는 효모였고, 삶에 편의를 제공하는
대역사에 필요한 부식토였다.

– 에밀 졸라《돈》

돈은 무소불위의 힘을 갖고 있다. 윌리엄 셰익스피어는 말했다.
"돈은 검은 것을 희게, 추한 것을 아름답게, 늙은 것을 젊게, 심
지어 문둥병도 사랑스러워 보이도록 만들며, 늙은 과부에게도
젊은 청혼자들이 몰려들게 만든다."

그렇다. 돈은 이 세상 모든 것을 지배한다. 돈은 인간의 3대 욕
망(돈, 명예, 권력) 가운데 가장 강력하다. 명예와 권력은 다소 적
게 갖거나 전혀 갖지 않아도 살아가는 데 크게 불편하지 않다.

그러나 돈이 없으면 당장 삶이 고달프고 힘들다. 흔히 '돈은 행복의 필수요건이 아니다'라고 말한다. 하지만 이는 고상한 체하는 사람들의 허영에 가깝다. 가난은 행복의 가장 큰 적인지도 모른다. 적절한 수준의 소득이나 재산을 가져야 비로소 영혼이 자유로울 수 있고, 행복감을 느낄 수도 있다.

하지만 돈은 야누스의 두 얼굴을 가졌다. 풍요의 축복인 동시에 궁핍의 저주이다. 첫머리에 소개한 프랑스 작가 에밀 졸라(1840~1902)의 문장은 돈의 양면성을 잘 설명해 준다. 돈에 지나치게 집착해서도, 돈을 막무가내 배척해서도 안 된다는 메시지를 담고 있다.

졸라는 인생 원숙기인 51세 때《돈》이라는 이채로운 제목의 소설을 발표했다. 진작에 대표작이자 문제작인《목로주점》을 발표해 엄청난 명예와 인세를 확보했음에도 그에게 돈은 필생의 연구 과제였다. 가난이 그의 소년기와 청년기를 시종 옥죄었기 때문이다. 졸라는 일곱 살 때 아버지가 폐렴으로 돌연 사망하면서 경제적 어려움을 겪기 시작했다. 28세 젊은 어머니에게 남겨진 것은 채무와 소송뿐이었다. 파리의 고등학교에 입학했으나 경제적 어려움으로 졸업장도 받기 전에 생활 전선에 뛰어들어야 했다. 21세 때는 집에서 나와 빈민가에서 독립생활을 시작했으며, 31세 되던 해《루공가의 행운》을 발표할 때까지 경제적 궁핍을 감수해야 했다.

졸라는 돈에 대해 비교적 균형 잡힌 시각을 가진 것으로 보인다. 소설 《돈》에 그의 생각이 고스란히 담겨 있다. '돈'은 자본주의가 본격 가동된 파리의 증권시장을 배경으로 부를 갈망하는 각계각층의 생각과 행동을 입체적으로 묘사한 작품이다. 은행가 사카르의 성공과 실패를 통해 돈이 희망과 자선의 원천인 동시에 부패와 인간성 말살의 원인이 된다는 점을 설파한다.

소설의 스토리를 요약하면 이렇다. 사카르는 주식에 크게 실패하고 파산을 경험했지만 유대인 군데르만이 증권시장을 장악하고 있는 데 시기 질투심이 생겨 그에게 도전장을 내민다. 매혹적인 동양 개척 사업을 추진하던 카롤린 남매(카롤린 부인과 그녀의 오빠 아믈랭)를 만나 그들과 손잡고 만국은행 설립을 추진한다. 은행 설립 자금 조달을 위해 군데르만을 찾아갔다가 단번에 거절당한 사카르는 장관인 형의 영향력을 이용해 많은 투자자들을 모집하는 데 성공한다. 은행 설립 후 그는 비정상적이고 인위적인 주가 조작, 왜곡된 자본증식 등을 통해 만국은행의 주가를 천정부지로 치솟게 만든다. 사카르의 욕심은 끝이 없었고, 주식 가격이 정점을 찍는 날 군데르만이 나서 그동안 사 모은 주식을 일시에 푸는 바람에 만국은행 주식은 하루아침에 휴지조각이 되고 만다. 수많은 투자자들은 빈털터리가 되고 사카르는 경제사범으로 구속되기에 이른다. 소설에서 사카르는 선동가적인 금융인으로 묘사된다. 그는 카롤린 부인에게 이렇게 말한다.

"봐요! 만국은행과 함께 우리는 끝없는 대지, 아시아라는 낡은 세계 위에 진보의 곡괭이로 연금술사의 몽상으로 돌파구를, 더없이 넓은 지평을 열 것이오.”

탐욕적 사기꾼 성향을 숨기지 않는다.

“나는 우리의 조작을 강화함으로써 그것을 두 배로, 네 배로, 다섯 배로 만들고 싶어요! 우리에게는 우박처럼 쏟아지는 금화, 쉴새 없이 굴러떨어지는 수백만 프랑이 필요해요. 우리가 동방에서 예의 경이로운 역사를 실현하고자 한다면! 아! 그렇고말고! 나는 사소한 피해에 대해 책임지지 않겠습니다. 몇몇 행인의 발이 삐는 걸 두려워한다면 결코 세계를 바꿔놓을 수 없습니다.”

사카르는 카롤린 부인에게 대놓고 투기를 부추긴다.

“그렇소, 투기 말이오. 왜 이 말이 당신을 그토록 두려움에 빠지게 하는 걸까? 하지만 투기, 그것은 삶의 미끼이자 우리로 하여금 투쟁하고 살게 만드는 영원한 욕망이라오. (중략) 바로 그거요! 투기가 없다면 사업도 불가능해요.”

그는 자신의 욕망에 제동을 거는 카롤린 남매에게 이렇게도 말한다.

“돈에 침을 뱉지 마시오. 그건 어리석은 일이고 무능력한 자들만이 힘을 경멸하는 법이니까 죽으라고 일하면서도 자기 몫을 챙기지도 못한 채 다른 사람들만 살찌우는 건 온당하지 못해요. 그렇게 살 거면 차라리 누워서 잠이나 자시오!”

사카르의 이런 생각과 말은 사업가에게서 흔하게 발견할 수도 있다. 하지만 그는 돈이라면 무슨 짓이라도 할 수 있는 악행의 대표 선수다. 강간당한 아가씨와의 재혼, 전처 아들과 재혼 아내와의 근친상간 묵인, 재혼 아내가 낳은 아들 외면은 모두 돈과 관련되어 있다.

소설 속 인물 대부분은 돈의 노예이다. 주식투기에 내몰려 외동딸의 곤경마저 외면하는 모장드르 부부, 주식 관련 정보를 얻기 위해 몸을 파는 산도르프 남작부인, 거액의 화대를 받고 사카르와 동침하는 나폴레옹 3세 애인 드죄몽 부인, 서명인이 실종된 어음을 헐값에 사들인 후 서명인을 찾아 엄청난 고리(高利)를 취하는 유대인 뷔슈는 하나 같이 정상이 아니다. 그나마 정상인에 속하는 카롤린 부인은 사카르의 비행을 그의 아들로부터 낱낱이 전해 듣고는 돈에 환멸을 느낀다.

"아! 돈, 인간을 부패와 중독에 빠뜨리고, 영혼을 메마르게 하고, 타인을 위한 선의와 애정과 사랑을 앗아가는 그놈의 돈! 돈이 바로 인간의 온갖 잔혹하고 더러운 행위를 유발하는 촉매제요, 대죄인이었다."

카롤린 부인은 돈을 저주하면서도 오빠의 동방개척 계획을 새로 접하고는 돈의 효용성에 감동하게 된다.

"오직 돈만이 산을 깎고 바다를 채우며 대지를 인간의 땅, 이제 기계의 조작자로서 노고를 던 인간의 땅으로 만들어줄 힘을 갖고 있지 않을까? 일체의 선이 일체의 악을 만드는 돈에서 나왔다."

졸라는 카롤린 부인의 이런 이중적인 생각을 통해 돈에 대한 자신의 철학을 정리하고 싶었을 것이다. 소설 마지막에 묘사한 카롤린 부인의 혼잣말이다.

"도대체 왜 사카르가 불러일으킨 비행과 죄악의 책임을 모두 돈에 전가해야 할까?"

돈은 그 자체에 잘못이 없다. 돈에 노예가 되고 돈을 악용하는 사람에게 잘못이 있을 뿐이다. 이것이 졸라의 메시지이다. 그렇다. 언제 어디서나 돈은 죄가 없다. 돈은 자유이고 평등이며 인격이고 사랑이며 힘이다. 인간이 경제적 편의를 위해 만든 유용한 도구이다. 잘 벌어서 잘 쓰기만 하면 더없이 좋은 물건이다.

돈벌이에 열심이라고 욕할 일은 아니다. 합법적이며 정당한 방법이라면 억만금이라도 괜찮다. 프로테스탄트 윤리와 자본주의 정신이 이를 보증해준다. 돈벌이에 무관심한 놈팡이가 오히려 문제다. 개인과 가정, 그리고 사회에 활력을 불러일으키는 것은 바로 돈이기 때문이다. 하지만 돈을 버는 데 너무 치중한 나머지 자기 자신을 잃어버리는 것은 금물이다. 돈의 노예가 되어 주변 사람들에게 피해를 주는 것은 사회악이다. 비록 정당한 방법이라 하더라도 돈벌이에 정신이 팔려 당장의 행복을 반납해버리는 것은 헛된 일이다. 이 또한 돈의 노예가 되는 것이다. 돈은 잘 버는 것 못지않게 잘 쓰는 것도 중요하다. 내 할아버지는 살아계실 적 "10원은 아끼고 100원은 써라"라는 말씀을 자주 하셨다. 누구나 사치하면 부유해도 모자라고, 검약하면 가난해도 넘친다고 했다.

　돈에 여유가 생기면 조금이라도 베푸는 데 관심을 가져야 한다. 기독교에서 말하는 자선, 불교에서 말하는 보시가 그것이다. 돈은 잘 써야 행복하다. 말은 쉽지만 실천은 결코 쉽지 않다. 미국 시인 랄프 왈도 에머슨의 말은 언제 들어도 울림이 있다.

　"돈과 행복을 구분하는 것이 지혜의 시작이다."

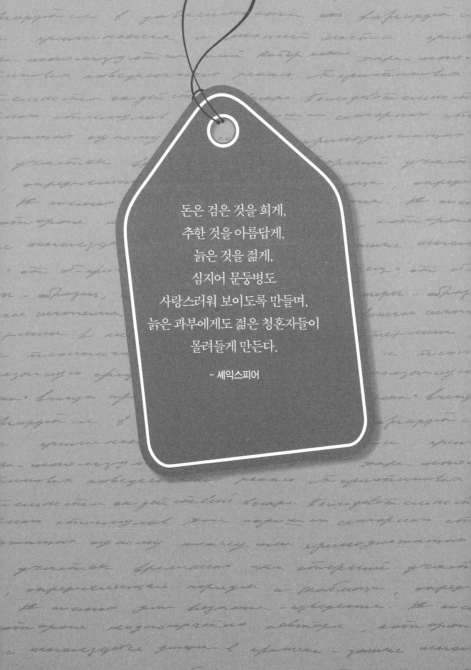

돈은 검은 것을 희게,
추한 것을 아름답게,
늙은 것을 젊게,
심지어 문둥병도
사랑스러워 보이도록 만들며,
늙은 과부에게도 젊은 청혼자들이
몰려들게 만든다.

– 셰익스피어

Chapter 3

아름다운 사랑을
꿈꾼다면

01

사랑에도
기술이 필요하다

삶이 기술인 것과 마찬가지로
사랑도 기술이라는 것을 깨달아야 한다.

– 에리히 프롬《사랑의 기술》

사랑은 최고의 진리이자 인류의 위대한 발명품이다. 행복의 필수요건이기에 모든 사람이 갈망한다. 사랑에 흠뻑 취해 사는 사람도 간혹 있지만, 대부분은 굶주리며 산다. 안타까운 일이다.

사회가 발전할수록 사랑에 허기진 사람이 줄어들면 좋으련만 현실은 그렇지 않다. 자유로운 연애 경쟁에서 소외되거나 뒤처진 청춘의 가슴앓이가 적지 않고 결혼을 포기하는 젊은이, 결혼했다 파탄을 겪는 부부가 늘어나고 있다. 부모 자녀 간, 형제자매 간 갈등 또한 심화되는 양상이다. 그럼에도 우리는 사랑을 잘할 수 있는 방법을 특별히 배우거나 연구하지 않는다. 행운이 따르면 언젠가, 누구에게나 찾아올 것이란 착각 속에 산다. 이런 상황을 정확히 읽고 미몽에서 깨어날 것을 호소한 선각자가 있다. 독일 태생의 미국 정신분석학자이자 사회철학자인 에리히 프롬 (1900~1980).

철학서《자유로부터의 도피》,《소유냐 존재냐》로 유명한 프롬은 사랑을 찾아 방황하는 사람들을 위해《사랑의 기술》이란 책을 썼다. 이 책은 2000년 전 로마시인 오비디우스가 쓴 같은 제목《사랑의 기술》과는 전혀 색깔이 다르다. 오비디우스의 책은 일종의 연애 지침서다. 연애할 때의 남녀 심리를 자신의 경험 등과 비교해서 분석하고, 연애 중에 생기는 갈등 해소법을 제시하는 내용이다. 이에 비해 프롬의 책은 사랑의 근원적 의미를 터득하고 기술을 익혀야 함을 강조하며 그 실천의 중요성을 제안한다. 철학적 사유가 담겨있다. 서양 사회에 사랑이 붕괴되었다고 진단하면서 각자 사랑하는 '능력'을 키우라고 조언한다. 그는 우선 현대인들이 사랑에 명백히 실패하고 있으면서도 '왜 사랑의 기술을 배우려 하지 않는가?'라고 묻는다.

"사랑을 뿌리 깊이 갈망하면서도 사랑 이외의 거의 모든 일, 곧 성공, 위신, 돈, 권력이 사랑보다 더 중요한 것으로 생각되고 있다. 우리의 거의 모든 정력이 이런 목적에 사용되고 거의 모든 사람이 사랑의 기술은 배우려 하지 않는다."

프롬은 그 이유로 사람들이 사랑의 문제를 '사랑하는' 혹은 '사랑할 줄 아는 능력'의 문제로 인식하지 않고 '사랑받는' 문제로 인식하기 때문이라고 진단한다. 이들에게 사랑의 문제는 어떻게 하면 사랑스러워지는가 하는 문제일 뿐이어서 사랑의 기술을 배울 생각이 아예 없다는 것이다. 그는 사랑을 포기하지 않고 실패를 극복할 수 있는 가장 적절한 방법은 오직 하나, 실패의 원인을 가려내고 그 의미를 배우는 것이라고 주장한다. "최초의 조치는 사랑도 기술이라는 것을 깨닫는 것이다. 어떻게 사랑해야 하는지 배우고 싶다면 우리는 다른 기술, 예컨대 음악이나 그림이나 건축, 또는 의학이나 공학 기술을 배우려고 할 때 거치는 것과 동일한 과정을 거치지 않으면 안 된다."

프롬은 사랑이 수동적 감정이 아니라 능동적 활동임을 인식하는 게 중요하다고 말한다.

"사랑은 '참여하는 것'이지 '빠지는 것'이 아니다. 가장 일반적인 방식으로 사랑의 능동적 성격을 말한다면 사랑은 본래 주는 것이지 받는 것이 아니라고 설명할 수 있다."

그는 돈, 재산과 비유해서도 사랑의 능동성을 설명한다.

"물질적인 영역에서 준다는 것은 부자임을 의미한다. 많이 가진 자가 부자가 아니라 많이 주는 자가 부자이다. 하나라도 잃어버릴까 안달하는 사람은 심리학적으로 말하면 아무리 많이 갖고 있더라도 가난한 사람, 가난해진 사람이다. 자기 자신을 줄 수 있는 사람은 누구든지 부자이다."

이런 사랑의 능동적 성격에는 보호, 책임, 존경, 지식이 포함된다고 말한다. 사랑은 형제애, 모성애, 성애, 자기애, 신에 대한 사랑 등 다양하지만 모두 누군가에게 주는 형태를 취해야 한다는 점을 강조한다. 그런 점에서 프롬의 이런 정의는 언제나 설득력이 있다.

"성숙하지 못한 사랑은 '그대가 필요하기 때문에 나는 그대를 사랑한다'는 것이지만 성숙한 사랑은 '그대를 사랑하기 때문에 나에게는 그대가 필요하다'는 것이다."

프롬은 사랑의 기술을 실천하는 데는 훈련, 정신집중, 인내, 최고의 관심이 필요하다고 조언한다. 그는 이를 다음 한마디로 정리하는 듯하다. 《사랑의 기술》 서문에 나오는 문장이다.

"가장 능동적으로 자신의 퍼스낼리티 전체를 발달시켜 생산적 방향으로 나아가지 않는 한 아무리 사랑하려고 해도 반드시 실패하기 마련이다. 이웃을 사랑하는 능력이 없는 한, 또 참된 겸손, 용기, 신념, 훈련이 없는 한 개인적인 사랑도 성공할 수 없다."

그럼 프롬 자신은 사랑에 성공했을까. 사랑할 수 있기를 간절히 소망했지만, 실패를 반복해야 했다. 22세 때 약혼녀를 죽마고우에게 빼앗기는 아픔을 겪은 프롬은 1년 뒤 열한 살 연상의 정신과 의사 프리다 라이히만을 만나 사랑에 빠진다. 26세 때 결혼에 골인하지만 불과 5년 만에 파국을 맞아야 했다. 나치 억압을 피해 33세 때 미국으로 망명한 프롬은 열다섯 살 연상의 정신분석가 카렌 호니를 만나 사랑을 키우게 된다. 연인 관계가 41세까지 이어졌지만, 결혼에 이르지는 못했다. 44세 때 동갑내기 사진기자 헤니 굴란트를 만나 결혼했다. 하지만 그녀와의 사랑 역시 오래가지 못했다. 그녀는 줄곧 병을 앓다 52세에 사망했다

그의 사랑이 끝나는 듯했으나 이듬해 애니스 프리먼이란 미국 여성을 만나 결혼하기에 이른다. 건강하고 매력적인 애니스는 프롬의 마지막 반려자였다. 황혼기 대부분의 시기에 그녀가 곁에 있었기에 그의 사랑이 전체적으로 실패했다고 보긴 어렵겠지만 안정적이지 못했다는 점에서 성공적이었다고 평가하기도 어렵다. 그가 《사랑의 기술》을 펴낸 것은 마지막 여성 애니스와 노년을 준비하던 56세 때였다. 그의 학문적 조수였던 라이너 풍크의 회고다.

"프롬은 헤니와의 무력한 이별과 애니스에 대한 사랑으로 비로소 어린아이의 애착에서 벗어난 사랑의 능력을 발견했다. 그제야 비로소 그의 사랑하는 능력의 실천이 그의 사랑 이론과 실제로도 일치할 수 있었다."

삶의 의미에 관심 있는 지식인이라면 누구나 사랑에 대해 일가견을 갖고 살다간다. 하물며 인간의 행복을 탐구하는 철학자라면 어김없이 사랑을 깊숙이 연구한다. 프롬도 마찬가지다. 그는 20세기를 살다간 철학자이기에 그의 사랑 이론은 아주 현실

감 있게 들린다. 특히 눈길을 끄는 대목은 '사랑은 주는 것'이란 진단을 전제로 사랑하는 능력을 기르라는 메시지이다. '사랑은 받는 것'이란 말은 아예 꺼내지도 못하게 한다. '당신은 사랑받기 위해 태어난 사람'이란 내용의 복음성가가 머쓱해진다. 사실 그에 앞선 위인들도 받는 사랑 대신 주는 사랑을 이구동성으로 주문했다.

"사랑은 아낌없이 주는 것이다."
- 레프 톨스토이

"강력한 사랑은 판단하지 않는다. 주기만 할 뿐이다."
- 마더 테레사

"사랑은 받으려고만 하면 오히려 더 가난해진다. 반대로 사랑을 주면 줄수록 더 크게 성장할 수 있다."
- 앙투안 드 생텍쥐페리

"사랑받고 싶다면 사랑을 하라."
- 벤저민 프랭클린

사랑이 받는 것이라고 생각하면 받을 자격을 갖추는 데 신경을 써야 할 것이다. 좋은 학벌을 갖고, 괜찮은 직장을 구하고, 외모를 가꾸는 노력을 기울여야 한다. 하지만 사랑이 주는 것이라면 건네주는 액션을 취해야 한다. 건네주는 액션이 바로 프롬이 말하는 기술이고 실행이다. 주는 데도 기술과 능력이 필요하다는 것이다.

나는 대학 1학년 교양 과정에 '사랑하는 법' 과목을 이수토록 하는 게 좋겠다는 생각을 갖고 있다. 부모 그늘에서 막 벗어난 청년들이 행복을 위해 사랑을 찾아야 하고, 조기에 그 결실을 맺기 위해서는 사랑하는 능력을 길러야 하지 않겠는가. 물론 독학으로도 가능하겠지만 제대로 공부하게 하는 것도 좋은 방법이다. 그럴 때 프롬의 저서가 큰 도움이 될 것이다. 사랑은 평생토록 하는 것이다. 부모에 대한 사랑, 연인이나 배우자에 대한 사랑, 자녀에 대한 사랑, 이웃과 세상에 대한 사랑을 하는 데 나이가 중요할 리 없다.

"사랑은 나이를 갖지 않는다. 언제나 새롭게 태어나기 때문이다." 철학자 블레즈 파스칼의 말이다.

지금도 늦지 않았다. 사랑을 받을 것이 아니라 주기로 작정하고, 효과적으로 잘 줄 수 있는 기술을 익혀서 실천하자. 지금 당장.

02
사랑, 미루지 말라

그러니 기억하게. 가장 중요한 시간은 바로 지금이라네.
(그것이) 가장 중요한 이유는 그 시간에만 우리가 자신을 통제할 수
있기 때문이네. 가장 필요한 사람은 지금 만나고 있는 그 사람인데, 다른
사람과 어떤 관계를 맺게 될지 아무도 모르기 때문이지.
그리고 가장 중요한 것은 그에게 선을 행하는 것이라네.
우리는 오직 그것을 위해서만 살아가도록 보냄을 받았기 때문이라네.

– 레프 톨스토이의 《세 가지 질문》

러시아의 대문호 레프 톨스토이(1828~1910)와 관련된 우화 한
토막. 어느 날 그는 여행길에 올랐다. 날이 저물어 허름한 주막에
들렀는데, 예닐곱 살짜리 여자아이가 있었다. 몸이 아파 가냘픈
모습을 한 소녀는 톨스토이가 가진 빨간 가방이 예쁘다며 달라

고 졸라댔다. 가방은 얼마 전 친지가 유품으로 전해준 소중한 물건이지만, 소녀가 진심으로 원했기에 돌아오는 길에 주기로 약속을 했다.

"아가야, 이 가방엔 소중한 물건이 들어있어 지금은 줄 수가 없단다. 돌아오는 길에 반드시 너한테 줄게."

일주일 뒤 톨스토이는 약속을 지키려고 주막에 들렀다. 그러나 소녀는 병이 악화돼 며칠 전 죽었다고 어머니가 전했다. 톨스토이는 마음이 아파 어머니를 앞세워 소녀의 무덤을 찾아갔다. 원할 때 곧바로 가방을 주지 못한 것을 후회하며 소녀의 명복을 비는 기도를 드렸다. 그러고는 자그마한 비석을 세워 자책하는 문구를 하나 새겼다.

'사랑을 미루지 말라.'

이 우화는 톨스토이가 일생 탐구했던 '사랑'을 아주 간단명료하게 표현한 것이다. 사랑은 누가 뭐래도 '바로 지금(Here & Now)'이란 얘기다. 이를 조금 풀어쓴 것이 그의 단편 《세 가지 질문》이 아닐까 싶다. 서두에 소개한 글은 《세 가지 질문》의 결론 부분이다. 톨스토이는 75세 노년기에 이 단편을 썼다. 내용을 간략히 요약하면 이렇다.

어느 날 황제가 각각의 일에 합당한 시간이 언제이며, 어떤 사람이 가장 필요한 사람이며, 가장 중요한 일이 무엇인지 가르쳐주는 사람에게 큰 상을 내리겠다고 공표했다. 이 세 가지 질문에 사람들이 앞다퉈 의견을 내놨다. 첫 번째 질문에는 연월일 시간표를 만들어라, 합당한 시간을 마법사에게 물어보라 같은 의견이 나왔으며 두 번째 질문에는 성직자, 의사, 군인이 가장 필요한 사람이라고 답하는 사람이 많았다. 세 번째 질문에는 학문, 군사 기술, 신에 대한 경배가 가장 중요한 일이라고 답했다.

대답이 크게 엇갈리는 데 실망한 황제는 평민으로 변장을 한 채 숲속 현자를 찾아가 세 가지 질문에 답해달라고 부탁했다. 그러나 몸이 연약한 현자는 아무 대답도 하지 않고 밭고랑 파기만 계속했다. 보다 못한 황제가 삽을 넘겨받아 해 질 무렵까지 땅 파기를 도와준 뒤, 지금 답해주지 않으면 돌아가겠다고 말했다. 그때 어떤 남자가 다쳐서 피투성이가 된 배를 움켜쥔 채 뛰어오고 있었다. 황제는 서둘러 붕대와 수건으로 그를 깨끗이 치료해주었다. 다음 날 그 남자는 황제에게 다가와 "나를 용서해 주시오"라고 말했다. 남자는 계속 말했다.

"나는 당신이 내 형제를 처형하고 내 재산을 몰수했기에 당신에게 복수를 맹세한 원수요. 나는 당신이 현자를 만나고 돌아가는 길에 죽이기로 결심하고 숲속에 숨어 있었소. 그런데 하루가 지나도 오지 않아 이곳으로 향했는데 당신 호위병이 나를 발견하고 부상을 입혔소. 그러나 당신은 고맙게도 나를 정성껏 치료해 생명을 구해주었소. 당신 때문에 내가 살았으니 이제 당신의 충실한 종이 되겠소."

황제가 다시 현자에게 답을 달라고 했다. 현자는 말했다.

"벌써 답이 나오지 않았는가. 만일 자네가 연약한 나를 위해 밭고랑을 파주지 않고 돌아갔다면 저 남자가 자네를 공격했을 것이니 가장 중요한 시간은 자네가 밭고랑을 팠던 때이고, 내가 가장 중요한 사람이고, 가장 중요한 일은 나를 위해 선한 일을 해준 것이라네. 자네가 치료해준 저 남자도 가장 중요한 사람이지."

톨스토이는 16세 연하의 젊은 여성과 결혼을 하고, 온갖 여성 편력을 남겼지만, 사랑에 관한 한 대체로 실패한 인생이었다. 그는 부유한 백작 가문의 넷째 아들로 태어났으나 두 살 때 어머니, 아홉 살 때 아버지를 잃고 고모 집에서 불우한 성장기를 보내야 했다. 카잔 대학교 동양어학과에 입학했으나 학업에 불성실하고 사교계에 드나들면서 진급시험에 떨어졌다. 법학부로 옮겼으나 그마저 중퇴하고 고향 농장에서 농민 생활 개선에 힘썼지만, 건달로 취급받았다. 톨스토이는 그러나 20대 초반부터 단편, 중편을 발표하면서 소설가의 길로 접어들었다.

37세에 불후의 명작 《전쟁과 평화》를 발표해 명성을 얻은 뒤 꾸준히 작품을 발표했으며, 《안나카레니나》(49세), 《부활》(71세) 등으로 최고의 작가로 등극했다. 톨스토이는 평생 사랑을 갈구했다. 어린 시절이 외롭고 불행했기 때문일까. 40대 중반 한때 자신이 쓴 작품들이 하나같이 무의미하다며 소설 쓰기를 거부했던 그는 노년기 단편을 쓸 때는 사랑을 탐구하는 구도자의 모습을 보였다. 귀족으로서의 명예와 부를 아낌없이 버렸으며, 무지몽매한 민중을 깨우치고자 노력했다. 그가 '예수 이후 최고의 스승'이라 불리는 이유다. 82세로 죽기 2년 전에 완성한 잠언집《살아갈 날들을 위한 공부》가 그 결정판이다. 인생을 회고하며 명상을 통해 인생의 진리를 탐구한 책이다. 톨스토이는 가족과 친구들에게 틈틈이 읽어주며 각자 삶의 지침으로 삼을 것을 권했다. 짤막한 글귀들을 모아 엮은 이 책은 다양한 내용을 담고 있지만 한마디로 뭉뚱그려 표현하자면 역시 사랑이다. 100년을 훨씬 넘긴 글이지만 한마디 한마디가 명언이다.

"가장 중요한 일은 나와 인연 맺은 모든 이들을 사랑하는 일이다. 몸이 불편한 이, 영혼이 가난한 이, 부유하고 비뚤어진 이, 버림받은 이, 오만한 이까지도 모두 사랑하라. (중략) 사랑은 우리 영혼 속에 산다. 타인 또한 자기 자신임을 깨닫는 것, 그것이 바로 사랑이다. 사람은 오직 사랑하기 위해 이 세상에 태어났기 때문이다."

"대가를 바라는 사랑은 진정한 사랑이 아니다. 사랑의 핵심은 주위 모두에게 무조건 축복을 베푸는 데 있다. (중략) 이유를 가진 사랑은 진정한 사랑이 아니다. 조건 없는 무한한 사랑만이 영원하다. 이런 사랑은 시간이 지나도 사라지기는커녕 점점 커진다."

톨스토이는 역시 현재의 사랑을 최고로 여겼다.

"사랑은 다른 어떤 것보다도 중요하다. 하지만 과거나 미래에 사랑할 수는 없다. 오직 현재, 지금 이 순간에만 사랑할 수 있다. 사랑은 성스러운 발현이다. 성스러움에는 시간 개념이 존재하지 않는다. 따라서 사랑은 오직 지금 이 순간에 발현되는 것이다.”

톨스토이는 평생 '지금 이 순간의 사랑'을 강조했지만, 자신이 모범을 보여주지는 못했다. 하녀, 농노의 아내, 집시 여인, 친척 아주머니 등 수많은 여성과 부적절한 관계를 맺어 평생의 반려자 소피야 안드레예브나를 힘들게 했다. 그의 결혼 생활은 15년 정도 순탄했지만, 나머지 대부분의 시간은 지독히 불행했다. 노년엔 자신의 재산과 저작권을 사회에 기부키로 하면서 부인과 심각한 갈등을 빚었다. 결국 그는 민중 속으로 들어가 참된 사랑을 실천하겠다며 집을 나섰다가 허름한 기차역에서 죽음을 맞이했다.

톨스토이의 삶과 작품을 입체적으로 고찰해 보면, 가까이 있는 사람을 사랑한다는 것이 결코 쉽지 않음을 알 수 있다. 배우자, 부모, 자녀, 형제자매, 친구, 직장동료, 이웃 등이 대표적으로 가까이 있는 사람이다. 하지만 이들 모두 사랑하며 산다는 게 어디 쉬운 일인가.

거창한 기부나 자선만 중요한 게 아니다. 밝은 표정으로 다정하게 건네는 말 한마디, 안부 묻는 전화 한 통화, 사랑과 정성이 담긴 식사 한 끼, 자그마하지만 예쁜 꽃 한 송이라도 괜찮다. 알베르트 슈바이처는 “나누면 두 배가 되는 것은 오직 사랑뿐”이라고 했다. 사랑은 받는 사람 이상으로 주는 사람도 행복하다는 뜻일 게다.

　무엇보다 중요한 것은 지금 바로 실천해야 한다는 사실이다. 과거는 이미 지나갔고, 미래는 아직 오지 않았다. 오직 현재만 있을 뿐이다. 지금 당장 아낌없이 내어주는 것이 진정한 사랑이다.

03
부부, 서로 사랑하되
속박하지 말라

서로 사랑하되 속박이 되도록 하지는 마십시오.
사랑이 두 분 영혼의 해변 사이에서 출렁이는 바다가 되게 하십시오.

— 칼릴 지브란 《예언자》

　칼릴 지브란(1883~1931)은 '중동의 성자(聖者)'라 불린다. 성자
란 지혜와 덕이 매우 뛰어나 깊이 우러러 본받을 만한 사람을 가
리킨다. 기독교에서는 거룩한 신자나 순교자, 불교에서는 모든
번뇌를 끊고 바른 이치를 깨달은 사람을 말한다. 지브란이 바로
이런 사람이다.

　레바논 출신 시인이자 화가인 지브란은 위대한 철학자라 해서
틀리지 않다. 그의 작품들을 읽다 보면 사상이 심오하고 인생을
달관했다는 느낌을 받는다. 영적이며 신비적인 삶의 이미지도

한몫했을 것이다. 특히 산문시집《예언자》는 현대인들에게 사랑과 행복의 바이블이라 해도 지나치지 않다.

첫머리에 소개한 문장은 예언자 중 '결혼에 대하여'란 시에 나오는 표현이다. 사랑의 결실로 결혼을 하더라도 두 사람의 생각과 말과 행동이 서로 다를 수 있다는 점을 깨달아야 비로소 행복한 부부가 될 수 있다는 것을 이처럼 멋지게 묘사했다. 이 시는 한마디 한마디가 찬란하게 빛나는 예술이다.

"두 분이 함께하시되 그 안에 공간이 있게 하십시오. 두 분 사이에서 하늘의 바람이 춤추게 하십시오."

"서로의 잔을 채워주되 한쪽 잔에서만 마시지 마십시오. 서로에게 자기 빵을 나누어주되 한쪽 조각만을 먹지는 마십시오. 함께 노래하고 춤추며 기뻐하되 각각 혼자이게 하십시오."

"함께 서십시오. 그러나 너무 가까이 서지는 마십시오. 성전의 기둥들도 서로 떨어져 서 있고, 참나무 삼나무도 서로의 그늘 속에서는 자랄 수 없기 때문입니다."

이토록 아름다운 사랑의 글이 어떻게 탄생할 수 있었을까. 우선 지브란의 일생부터 살펴보자. 그는 1883년 레바논 북부 험준한 산골 마을에서 태어났다. 예수 그리스도 탄생지와 인접한 곳이어서 주민들은 주로 기독교 신앙을 갖고 살았다.

그는 어릴 적 자연과 더불어 영적 생활을 한 것으로 보인다. 고독과 예술을 즐겼다. 삼나무 숲이 우거진 골짜기에서 자연이 들려주는 음악과 침묵을 감상하며 자랐다. 아버지가 생활력이 강하지 못해 집이 가난했지만, 어머니는 기독교 마론파 신부의 딸로, 프랑스어에 유창하고 미술과 음악에 재능이 있는 '능력자'였다. 그의 나이 12세 되던 해 아버지를 제외한 일가족은 미국으로 이민을 가 보스턴에 정착했다. 그의 어린 시절 지적 예술적 성장에는 어머니의 영향이 컸던 것으로 보인다. 지브란은 초기 작품 《부러진 날개》에서 어머니를 이렇게 묘사했다.

"인간의 입술 위에 떠오르는 가장 아름다운 말은 '어머니'라는 말이다. 또한 가장 아름다운 부름은 '나의 어머니'라고 부르는 소리이다. 그것은 희망과 사랑에 충만한 말이며, 가슴 밑바닥에서 솟아오르는 감미롭고도 다정한 말이다."

보스턴에서 2년간 영어를 익힌 지브란은 고국의 수도 베이루트에 돌아가서 모국어인 아랍어로 문학을 공부했다. 5년 뒤 보스턴으로 돌아온 직후 그는 사랑하는 어머니와 형을 잃고 실의에 빠지게 된다. 재기의 몸부림 끝에 지브란은 부유한 여자 교장 선생 헤스켈의 도움을 받아 프랑스로 건너가 문학과 그림을 공부했다. 이곳에서 저명 조각가 오귀스트 로댕과 친교를 맺기도 했다.

3년 뒤 미국으로 돌아와 뉴욕으로 거처를 옮긴 지브란은 이곳에서 본격적으로 작품 활동을 전개한다. 이런 인생 행보 영향인 듯 그는 아랍과 서구, 이슬람과 기독교라는 이중적 세계관을 갖고 살았다. 10년 연상의 후원자이자 연인인 헤스켈과 죽을 때까지 친교를 맺었으나 결혼하지 않은 걸 보면 '절제된 사랑'을 즐긴 것 같다.

영어로 쓰인 그의 대표작 《예언자》는 약 10년간의 작업 끝에 1923년 출판되었다. 헤스켈의 노력과 조언이 많이 담긴 것으로 짐작된다. 《예언자》는 알무스타파라는 현인이 12년간 머물던 오팔리즈를 떠나 고향 섬으로 돌아가면서 주민들에게 삶의 진리를 전하는 형식으로 구성되었다. 출생에서 죽음까지 26개 주제를 다루고 있다. 《예언자》는 출판되자마자 선풍적인 인기를 끌었으며, 이후 100개 이상의 언어로 번역되어 성경 다음으로 많이 팔린 책으로 꼽힌다. 단테의 《신곡》이나 니체의 《짜라투스트라는 이렇게 말했다》에 버금가는 작품이란 평가를 받는다.

문장 하나하나가 우아하고 아름답기 그지없는데다 내용이 시공을 초월해 누구나 공감할 정도로 진실 되기 때문일 것이다. 평소 인간 심성의 깊은 곳을 꾸준히 탐색한 결과 아닐까 싶다. 지브란은 생전에 "시인은 영혼의 치유자, 인류 구원을 위해 예술을 가져다주는 예언자"라고 말했다. 《예언자》에서 결혼의 전제가 되는 사랑에 대해 지브란은 이렇게 노래했다.

"사랑은 여러분에게 금관을 씌우기도 하지만 여러분을 십자가에 못 박기도 합니다. 사랑은 여러분을 자라게도 하지만 여러분의 가지를 쳐내기도 합니다. 사랑은 높이 올라가 햇살을 받으며 하늘거리는 여린 가지를 어루만지기도 하지만 밑으로 내려가 대지에 박힌 뿌리를 뒤흔들기도 합니다."

이처럼 지브란은 사랑과 결혼을 매우 현실적으로 진단한다. 지고지순한 사랑을 경험할 수도 있겠지만 그것이 지속되기 어렵다는 점을 가르치고 싶어했다. 특히 결혼은 상상 속의 낭만이 아니라 삶의 현실임을 강조했다. '결혼에 대하여'란 시는 부부가 굳이 하나가 되고자 집착하지 말라는 메시지를 담고 있다. 실제로 우리는 이 시대 젊은 부부들이 하나가 되지 못해 안달복달하는 과정에서 사이가 틀어지는 모습을 자주 목격한다. 부부가 일심동체(一心同體)가 아니라 이심이체(二心異體)임을 깨닫지 못한 데 따른 불화다.

미국의 저술가 존 그레이는 일찍이 부부학 지침서 《화성에서 온 남자, 금성에서 온 여자》란 책에서 이 부분을 명쾌하게 짚었다.

"화성에서 온 남자와 금성에서 온 여자는 자신들이 서로 다른 행성 출신이고, 따라서 서로 다를 수밖에 없다는 사실을 기억하지 못했다. 그들이 지금까지 알고 있던 서로의 차이점들이 기억에서 모두 지워지면서 충돌하기 시작했다."

부부가 서로의 생각 차이를 명확히 인식하고 상호 존중하면 갈등 요인이 생기지 않는다. 약 30년간 전혀 다른 환경에서 자란 두 사람이 아무리 사랑한들 한 공간에 살다 보면 충돌하기 마련이다. 이때 그 차이를 당연한 것으로 받아들이는 것이 중요하다.

내가 상대방과 다를 뿐이지 상대방이 틀린 게 아니라는 사실을 인정하면 실이 꼬일 리 없다. 남자는 고무줄 같고, 여자는 파도 같다는 그레이의 진단처럼 부부가 남녀 간의 보편적 성격 차이까지 인정하면 더없이 평화로울 것이다. 남자는 자기 동굴로 들어가고 싶어 하고, 여자는 이야기를 하고 싶어한다는 진단도 마찬가지다.

이런 얘기가 나오는 것은 '결혼 속의 사랑' 지키기가 생각보다 쉽지 않기 때문이다. 흔히 결혼은 사랑의 종말이라고 한다. 사랑의 결실인 결혼이 사랑의 종말이라니, 아이러니가 아닐 수 없다. 하지만 그런 느낌을 갖는 부부는 의외로 많다. 왜 그럴까. 결혼은 연애에 종지부를 찍고 법적 책임이 수반되는 가정을 이루는 것이기 때문이다. 두 사람의 사랑에 갑자기 부모 형제, 일가친척이 끼어든다. 법과 제도로 배타적 사랑을 보장받게 되지만 그에 따른 책임과 의무가 가볍지 않다. 두 사람의 권한과 의무가 균형 있게 작동되면 별문제 없겠지만 그것이 한쪽으로 기우는 순간 분란이 일어나게 된다.

지브란의 성찰과 가르침은 이 부분을 정확히 짚어준다. 사랑을 하되 서로 속박하지 말라는 것이다. 가정을 이뤄 함께 살지만, 일정한 거리를 둬야 부딪치지 않는다는 생각이다. 함께 서되 너무 가까이 서지 말라는 시구는 냉정하기 짝이 없는 표현이다. 사랑하던 두 사람이 결혼을 하게 되면 흔히 상대방의 사랑을 의심하게 된다. 사랑이 식었는데도 어쩔 수 없이 사는 것 아니냐는 느낌을 갖기 일쑤다. 하지만 상대방의 고독을 이해하고 흔쾌히 빈자리를 내어주면 그런 느낌이 사라질 수 있다. 그러려면 자기 배우자가 자기만의 독창적인 내면을 가진 고유한 인격체라는 사실을 마음 편하게 인정해야 한다. 원만한 결혼생활을 위해서는 불타는 사랑보다 냉정한 사랑이 더 좋을 수도 있다. 이것이 지브란의 가르침이다.

04

용서하라, 그러면
네가 행복해진다

만일 나를 고통스럽게 만들고 상처를 준 사람에게 미움이나
나쁜 감정을 키워 나간다면 내 자신의 마음의 평화만 깨어질 뿐이다.
하지만 내가 그를 용서한다면 내 마음은 그 즉시 평화를 되찾을 것이다.
용서해야만 진정으로 행복할 수 있다.

– 달라이 라마 《용서》

용서는 크나큰 사랑이다. 하지만 자기한테 고통을 준 사람에
게 복수하기는커녕 손을 내민다는 건 여간 어려운 일이 아니다.
제3자 입장에선 용서하는 사람이 승자다, 혹은 용서해야 자신이
행복해진다고 쉽게 말하지만 피해 입은 당사자가 용서를 실천하
려면 특별한 용기가 필요하다.

티베트인의 정신적 지도자이자 티베트 망명정부의 실질적 통

치자인 달라이 라마(1935~)는 인생에서 용서가 무엇인지를 온 몸으로 가르치는 성자다. 티베트의 농가에서 태어난 그는 5세 때 '달라이 라마'가 되어, 24세 되던 1959년 중국의 탄압을 견디다 못해 인도로 망명했다.

그에게는 티베트의 국민 생명과 종교, 문화를 지켜내야 하는 막중한 임무가 주어졌다. 상대는 초강대국 중국이다. 그가 택한 길은 인도의 마하트마 간디가 걸었던 비폭력 저항이었다. 현실적으로 그것이 가장 강력한 투쟁 방법이라 생각했을 것이다. 달라이 라마는 간디보다 한 발 더 나간 듯하다. 용서의 실천이 그것이다. 글 첫머리에 소개한 것처럼 그는 용서해야 진정으로 행복해진다는 사실을 생각과 말과 행동으로 전 세계인들에게 보여주고 있다.

달라이 라마와 세계 각지를 함께 여행하며 오랜 기간 친분을 쌓은 홍콩 출신 캐나다 학자 빅터 챈은 그에게서 '용서의 힘'을 제대로 배웠다고 고백한다. 공동 저서 《용서》에는 티베트 지도자의 고귀한 정신이 온전히 깃들어 있다.

"용서는 우리로 하여금 세상의 모든 존재를 향해 나아갈 수 있게 한다. 우리를 힘들게 하고 상처를 준 사람들, 우리가 '적'이라고 부르는 모든 사람을 포함해 용서는 그들과 다시 하나가 될 수 있게 해준다. 그들이 우리에게 무슨 짓을 했는가는 상관없이 세상 모든 존재는 우리 자신이 그렇듯 행복해지기 위해 노력한다는 사실을 떠올려 보라. 그러면 그들에 대한 자비심을 키우기가 훨씬 쉬워진다."

달라이 라마는 거대한 정치적 사상적 폭력에 의해 쫓겨난 망명정부 지도자다. 언제 고국으로 돌아갈 수 있을지 상상조차 할 수 없는 암흑세계에 살고 있다. 무한한 인내심이 필요하다. 그는 용서를 통해 인내심을 구하는 듯하다.

"고통을 견뎌낼 수 있는 인내심을 키우기 위해서는 우리에게 상처 입힌 누군가가 있어야 한다. 그런 사람들이 있어서 우리는 용서를 베풀 기회를 얻는 것이다. 그들은 우리의 스승조차 할 수 없는 방식으로 우리 내면의 힘을 시험한다. 용서와 인내심은 우리가 절망하지 않도록 지켜주는 힘이다."

티베트 망명정부는 인도 다람살라에 위치해 있으며, 달라이라마를 따라 히말라야를 넘어온 티베트인들은 그곳에서 60여 년째 서로 의지하며 살고 있다. 티베트의 정신적 지도자는 중국 내 티베트와 망명지에 사는 국민들을 두루 보살펴야 하는 책무를 갖고 있다. 그에게 가장 중요한 것은 자기 국민들에게 행복을 안겨주는 것인 듯하다. 가해자에 대한 용서를 쉼 없이 거론하는 것은 이 때문일 것이다.

"나는 행복해지는 것이야말로 삶의 목적이라고 믿는다. 세상에 태어나는 순간부터 사람은 누구나 행복을 원하고 고통을 원치 않는다. 우리는 내면 깊숙한 곳에서부터 그저 만족감을 원할 뿐이다. 무엇이 우리에게 가장 커다란 행복을 가져다줄 것인가를 알아내는 것이 중요하다. 그것은 다름 아닌 용서와 자비이다."

달라이 라마는 '용서는 미움을 극복할 때 비로소 가능하며, 반대로 용서하면 미움이 사라진다'고 말한다. 바로 이것이 사랑 아니겠는가. 그냥 사랑이 아니라 고귀한 사랑, 진정한 사랑 말이다.

"다른 인간 존재에 대해 분노와 미움, 적대적인 감정을 가지고 싸움에서 승리를 거둔다 해도 삶에서 그는 진정한 승리자가 아니다. 그것은 마치 죽은 사람을 상대로 싸움과 살인을 하는 것과 같다. 왜냐하면 우리가 적으로 여기는 사람들은 언젠가 죽기 마련이기 때문이다. 진정한 승리자는 적이 아닌, 자기 자신의 분노와 미움을 이겨낸 사람이다."

그의 사랑은 한 단계 더 나아간다.

"진정한 자비심은 다른 사람의 고통을 볼 줄 아는 마음이다. 그의 고통에 책임을 느끼고 그를 위해 뭔가를 해주고 싶은 마음이다. 다른 사람의 행복에 마음을 기울일수록 우리 자신의 삶은 더욱 환해진다."

무슨 말을 덧붙이겠는가. 달라이 라마야말로 인생에서 진정한 평화, 진정한 사랑, 진정한 행복이 무엇인지를 깊숙이 깨달은 성자다. 세상을 이토록 환하게 밝혔으니 그에게 노벨 평화상을 수여하는 것은 너무나 당연하다. 1989년 노벨 평화상을 받은 달라이 라마는 5년 앞서 노벨 평화상을 받은 데스몬드 투투 남아프리카공화국 대주교와 진지한 만남을 가진 적이 있다. 흑인인 투투 대주교는 남아공의 흑백 인종분리정책에 반대하는 데 평생을 바친 인권 운동가다. 투투 대주교 역시 인종분리정책의 아픔을 근본적으로 치유하기 위해서는 가해자(백인)를 용서해야 한다는 생각이었다.

"용서는 값싼 것이 아닙니다. 그리고 화해도 쉬운 것이 아닙니다. 하지만 용서하는 마음이 있으면 우리는 누군가에게 문을 열 수 있습니다. 지난 일에 대해 마음의 문을 꼭꼭 닫아걸고 있는 누군가가 그 걸쇠를 풀기 위해서는 문의 뒤쪽으로 걸어 들어가야 하고, 그러면 새로운 미래가 보이기 시작합니다."

달라이 라마와 데스몬드 투투는 세계인이 존경하는 종교 지도자다. 피해자임에도 당당하게 용서를 말할 수 있는 것은 아마 종교적 가르침에서 비롯되었을 것이다. 불경과 성경에는 용서를 강조하는 표현이 수없이 나온다. 성경 마태오 복음서를 보자. 제자 베드로가 예수 그리스도에게 묻는다.

"제 형제가 저에게 죄를 지으면 몇 번이나 용서해 주어야 합니까? 일곱 번까지 해야 합니까?"

이에 예수는 "일곱 번이 아니라 일흔일곱 번까지라도 용서해야 한다"고 대답했다. 일흔일곱 번까지라도 용서하라니. 무조건, 끝까지 용서하라는 말 아닌가. 이 대목을 두고 '그렇게까지 용서할 필요가 있을까?'라며 고개를 갸우뚱하는 사람이 적지 않다.

그렇게 하면 죄지은 사람이 반성할 리 만무하고, 사회 정의가 구현되지 않을 수 있다는 생각에서다. 하지만 기독교에서는 죄지은 사람에 대한 벌 주기는 오로지 하느님의 몫이라며 무조건 용서하라고 가르친다.

"하느님도 심판의 날이 오기 전까지는 인간을 심판하지 않겠다고 했다."

새뮤얼 존슨의 말이다. 가해자에 대한 심판은 일단 절대자, 신에게 맡기자는 취지로 들린다. 그렇게 가르치고 배워도 보통 사람들에게 용서가 어렵게 느껴지긴 매한가지다. 달라이라마가 "용서는 가장 큰 마음의 수행이다"라고 말한 이유가 아닐까 싶다. 법정 스님도 같은 취지의 말을 남겼다.

"용서는 가장 큰 수행이다. 남을 용서함으로써 나 자신이 용서받는다. 날마다 새로운 날이다. 묵은 수렁에 갇혀 새날을 등지면 안 된다. 맺힌 것을 풀고 자유로워지면 세상 문도 활짝 열린다."

결국 용서는 인간사에서 더없이 중요한 사랑의 덕목이면서도 가해 상대방보다 자신의 행복을 위한 것임을 깨달아야 할 것 같다. 베스트셀러 작가인 혜민 스님의 말을 들어보면 좀 더 쉽게 이해가 된다.

"용서는 나를 위해 하는 것입니다. 나에게 해코지한 사람이 예뻐서 용서하는 것이 아니라 내 몸과 마음이 편하고 자유롭기 위해 그를 용서하기로 결심하는 것입니다. 용서가 없으면 그를 내

안에 장기 투숙시키게 됩니다."

혹시 자신에게 고통이나 피해를 안겨준 지인을 두고 어떻게 대처해야 할지 고민하는 사람이 있다면 일단 복수보다 용서하는 쪽으로 마음을 정하는 게 좋다. 어둠으로 어둠을 밝힐 수 없고, 미움으로 미움을 떨쳐낼 수 없음은 분명해 보이기 때문이다. 사람 사이 갈등을 해결하는 데 어둠보다는 빛, 미움보다는 사랑이 훨씬 수월하다. 더구나 손절매하기 어려운 가족이나 친한 친구에게 이런 고민이 있다면 지금 당장 용서의 손을 내밀자. 나 자신의 행복을 위한 사랑의 악수다.

참된 우정의 조건

> 진정한 우정은 덕(德)에 있어
> 서로 닮은 선한 사람들 사이의 관계이다.
>
> – 아리스토텔레스 《니코마코스 윤리학》

친구란 내가 선택한 가족이라 했다. 좋은 친구는 피 한 방울 안 통하는 남남이라도 많은 것, 아니 모든 것을 내어 줄 수도 있는 절친한 사이다. 중동의 성자 칼릴 지브란의 말은 언제 들어도 울림이 크다.

"친구는 여러분이 사랑으로 씨 뿌리고 감사함으로 거두어들이는 밭이다. 그는 또 여러분의 식탁이요 화로다. 여러분이 배고플 때 찾아가고 포근함이 필요할 때 찾아가기 때문이다.

고대 그리스 철학자 아리스토텔레스(BC 384-322)의 통찰도 금방 가슴에 와 닿는다. "친구는 젊은 시절에는 나의 잘못을 바로잡아 주고, 나이가 들어 약해졌을 때는 나를 챙겨주는 존재이다. 한창 전성기 때는 위대한 업적을 이루는 동반자가 된다. 생각하고 행동하는 데 있어 언제나 둘이 하나보다 낫기 때문이다."

그래서 우리는 누구나 친구를 찾는다. 가족이나 친척이 많고, 그들과 좋은 관계를 맺고 있다 해도 친구를 사귀고 싶은 욕망은 떨쳐버릴 수가 없다. 친구와의 우정에서 삶의 휴식처를 찾으려하기 때문일까. 단 한 명의 친구도 없다고 상상해 보라. 삶이 얼마나 황량하겠는가.

그런데 우리는 친구를 사귀더라도 좋은 친구를 사귀어야 한다. 교제의 폭이 아무리 넓을지라도 마음 터놓고 이야기할 수 있는 친구가 없다면 별 의미가 없다. 단 한 명이라도 진정한 친구, 참된 친구를 갖는 게 중요하다.

아리스토텔레스는 우정에 대해 최초로 정의를 내린 철학자이다. 저서 《니코마코스 윤리학》에서 우정을 '상호간에 오가는 신뢰'라고 정의했다. 우정에 대한 그의 세 가지 개념 규정은 참으로 명쾌하다. 무려 2300년의 세월이 흘렀지만 지금도 고개가 끄덕여진다.

아리스토텔레스의 대표작 중 하나인 《니코마코스 윤리학》은 모두 10권으로 구성되어 행복, 도덕, 정의, 지혜, 쾌락, 우정 등을 다루고 있다. 우정은 제8권과 9권에 비교적 상세히 서술되어 있다. 그 가운데 세 가지 유형의 우정이 핵심이다.

첫 번째 우정은 서로에게 유익한, 즉 도움이 되는 관계를 말한다. 사회적 경제적 지위가 서로 도움이 된다고 판단될 때 선택하는 친구이다. 함께 무언가를 할 때 나타나는 좋은 결과에 큰 의미를 부여하는 우정이다. 사업 파트너나 직장에서의 만남이 대표적이다.

직장을 생각해보자. 같은 회사에 다니다 보면 정이 들기 마련이다. 하루 종일 같은 사무실에서 함께 일하고 식사까지 함께할 경우 친밀감이 생긴다. 이것도 우정이다. 우정이 없다면 직장 생활이 얼마나 따분하겠는가.

두 번째 우정은 더불어 즐기는 것을 공유하는 관계이다. 함께 여행이나 쇼핑을 하고 운동을 하면서 생기는 우정을 생각해볼 수 있다. 성적인 사랑, 함께하는 도박도 포함된다고 하겠다. 세 번째 우정은 선(善)에서 비롯되는 진정한 사랑이다. 아리스토텔레스의 말에 귀 기울여 보자.

"진정한 우정은 덕(德)에 있어 서로 닮은 선한 사람들 사이의 관계이다. 그들은 상대방이 선한 사람인 경우에만 서로 좋은 것을 원하며, 그들 자신 또한 선한 사람이다. 자기 친구를 위해 좋은 것을 바라는 사람이야말로 가장 참된 의미의 친구라 할 수 있다. 이런 사람들은 그들 본성 때문에 그렇게 하는 것이지 다른 목적이 있어서가 아니다. 그러므로 그들의 우정은 그들이 선한 동안 유지된다. 그리고 선은 오래 유지되는 성질을 지니고 있다."

아리스토텔레스는 첫 번째와 두 번째 우정, 즉 유익이나 즐거움을 주는 우정을 굳이 폄하하지 않는다. 진정한 우정의 기본 환경이 될 수도 있기 때문이다. 하지만 이런 종류의 우정은 깨지기 쉽다는 흠을 갖고 있다고 본다.

"쓸모 있음이나 쾌락 때문에 상대방을 사랑하는 사람들은 자신에게 좋기 때문에 사랑하는 것이다. 그들은 상대방의 성품을 사랑하는 것이 아니라, 그가 쓸모 있거나 유쾌하기 때문에 사랑한다. 따라서 이런 경우에 우정은 다만 부수적일 뿐이다. 이런 우정은 상대방이 전과 달라지면 쉽게 없어진다. 쓸모 있음과 유쾌함은 영원한 것이 아니라 늘 변하기 때문이다."

아리스토텔레스는 특히 이런 우정의 경우 사귀는 동기가 사라지면 곧 없어진다고 말한다. 집주인과 손님의 우정이 그런 것이란다. 하룻밤 사이에도 형성될 수 있는 흔한 우정이어서 얼마 지나지 않아 사라지기 십상이다.

이와 달리 세 번째 진정한 우정은 친구 상호간의 선한 사람들이 공유하는 정이기 때문에 흔하지도 않고 이내 사라지지도 않는다. 선한 사람들간의 우정은 남이 근거 없이 헐뜯는 말에 현혹되지 않기에 쉽게 흔들리지 않는다. 이런 우정이야말로 진짜 우정이다. 상대방을 있는 그대로의 모습으로 사랑할 때 생겨난다. 그 때문에 상대방의 내적인 자질이나 인간성이 매우 중요하다.

친구가 사랑 받고 존중 받을 수 있다면 그것으로 충분하다고 생각하며, 서로에 대해 더 많이 알고 싶다는 욕구가 생긴다. 진심으로 마음이 통하는 친구인 것이다.

이런 우정에는 유익을 주는 우정과 즐거움을 주는 우정의 요소가 모두 포함되어 있다. 그래서 우리는 진정한 우정을 찾아나서야 한다. 그런데 진정으로 좋은 친구는 저절로, 금방 생기지 않는다. 시간을 갖고 꾸준히 노력해야 한다.

"나는 우정이 포도주와 같은 것임을 알게 되었다. 새로 담았을 때는 설익은 맛이지만 해가 지남에 따라 익으면서 나이든 사람들의 진정한 자양제이자 활력을 주는 강장제가 된다." 토머스 제퍼슨의 말이다. 아리스토텔레스도 같은 생각이지 싶다.

진정한 우정을 키우려면 어떻게 해야 할까. 무엇보다 중요한 것은 상호 신뢰 쌓기이다. 신의를 지킨다는 말이기도 하다. 아리스토텔레스는 우정을 아예 '상호간에 오가는 신뢰'라고 정의하지 않았던가. 친구 사이를 잇는 가장 강력한 끈은 누가 뭐래도 신의이다.

유교 도덕의 핵심인 삼강오륜에서도 붕우유신(朋友有信)이라 했다. 신의를 저버리면서 우정이 지속된다는 것은 상상하기 어렵다. 신의는 아리스토텔레스가 말하는 진정한 우정의 조건인 선과 직접 관련이 있다. 신의란 서로 믿고 선함, 즉 착함을 함께 행한다는 뜻이다. 약속 지키기는 기본이다.

우정에 필요한 신의는 단순히 의기투합하는 것을 의미하지 않는다. 깡패들끼리 뜻이 맞아 철석같이 약속 지키는 것을 두고 참된 우정이라 말하지 않는다. 선한 뜻을 이루고자 함께 하는 착한 마음이 참된 우정, 진정한 우정이다.

예의와 겸손도 진정한 우정의 필수 요건이다. 친하다고 해서 함부로 대해서는 절대 좋은 우정을 꽃피울 수 없다. 친구로 만났지만 다른 점이 한 두 가지가 아닐 것이다. 성장 배경이나 성격, 생활습관은 말할 것도 없고 식성이나 사고방식, 심지어 이념이 다를 수가 있다. 상대방이 나와 다를 뿐 결코 틀린 것이 아님에도 내가 옳다고 우기며 나에게 모든 걸 맞추려 들면 우정에 금이 가게 된다. 상대방을 이해하고 상대방의 좋은 점을 배우려고 노력하면 상호 윈윈이다. 이것이 예의이다.

겸손은 자신을 낮추는 것이다. 세상 어느 누구도 교만한 사람을 좋아하지 않는다. 더구나 동년배 친구로 만나 상대방을 무시하는 듯 자신을 지나치게 내세우는 건 꼴불견이다.

내적 성숙을 꾀하는 것도 진정한 우정 가꾸기에 도움이 된다. 착한 심성과 함께 지적으로 충실하면 자연히 상대방의 마음을 얻게 된다. 꼭 거창한 지식이 아니더라도 지혜로운 태도를 견지하면 인격적으로 교감하기가 한결 쉽다.

진정한 우정을 도모하는 데 더 중요한 것은 내가 좋은 친구감이 되는 것이다. 조용히 가슴에 손을 얹고 스스로를 평가해보자.

나는 선한 사람인가, 나는 신의를 지키는 사람인가, 나는 예의 바르고 겸손한 사람인가, 나는 내적으로 성숙한 사람인가.

자신이 대체로 이런 사람이라 생각되는데도 진정한 친구가 아예 없거나 너무 적다는 생각이 드는가. 이런 사람 얼마든지 있을 수 있다. 성격상 친구를 넓게 사귀기보다 좁고 깊게 사귀다 보면 내심 외로움을 느낄 수도 있다.

정답은 없다. 혹 교류의 폭을 조금 넓히고 싶다면 내가 상대방에게 필요한 사람이 되고자 더 노력해야 한다. 여기서 필요가 유익이나 즐거움이 될 수도 있겠지만 선함이나 고귀함이면 더 좋겠다. 진정한 우정을 위해서 말이다.

사랑은 나이를 갖지 않는다.
언제나 새롭게
태어나기 때문이다.

– 블레즈 파스칼

Chapter 4

자녀의 행복한
성장을 바란다면

01

아이에게
자유를 돌려줘라

아이의 움직임을 간섭하지 말아야 한다.
무슨 놀이를 하든 자유롭게 놓아두어야 한다. (중략)
어른은 나약한 아이에게 안내자로 그쳐야지,
아이의 천성 계발을 방해해서는 안 된다.

- 장 자크 루소 《에밀》

프랑스 사상가 장 자크 루소(1712~1778)는 자기 아이 다섯 명을 낳자마자 모두 고아원에 보냈다. 33세 때 만난 동갑내기 세탁부 테레즈와 함께 살며 낳은 아이들로, 평생 한 번도 돌보지 않았다. 그런 루소가 50세이던 1762년 불세출의 교육론 《에밀》을 발표하자 조롱과 비난이 들끓었다.

"자기 아이 하나 양육하지 않은 주제에 교육론이라니…."

그는 이를 염두에 둔 듯 책 서문에 변명을 겸한 반성의 글을 남겼다.

"가난도 일도 자존심도 자기 아이를 직접 양육하고 교육시키는 의무를 면해주지는 않는다."

공개적으로 잘못을 고백했지만 참 이해하기 힘든 부분이다. 그가 평생 가난하게 살았으며, 아이를 돌볼 아내와 처가의 사정이 고약했다지만 이런 무책임한 행태는 당시 지식인 사회에선 기이한 일로 받아들여졌다. 그가 '모순적인 철학자'라 불리는 이유 중 하나다. 그럼에도 불구하고 《에밀》은 희대의 걸작이다. 근대 교육학을 개척한 작품으로 평가받는다. 교양소설 형식으로 쓰인 에밀은 루소가 귀족 집안에서 태어났다 고아가 된 가상의 아이 에밀을 공화국에 부합하는 건전하고도 자유로운 시민으로 키워 나가는 과정을 섬세하게 그렸다. 태어나면서부터 결혼할 때까지의 이상적인 교육 과정을 총 5부로 나눠 서술했다. 《에밀》은 '자유'와 '자연'이라는 두 가지 메시지를 담고 있다. 내가 이 책 독서 중에 특별히 주목한 부분은 유아와 어린이, 즉 태어나면서부터 10대 초반까지 시기이다. 이 글 서두에 제시한 문장을 한마디로 축약하면 '어른들이여, 아이에게 자유롭고 자연스러운 상태를 무조건 보장하라'가 아닐까 싶다.

'교사' 루소의 교육관을 자세히 들여다보자. 그는 아이가 갖고 태어난 '선한 자유'를 반드시 보존하고 발전시켜야 한다고 주장한다. 귀족들이 자녀 교육을 위해 보내는 수도원이나 수녀원 기숙사가 아이들을 사실상 감금시켜 마음이 결여된 어른을 만든다고 봤다. 가정도 마찬가지여서 부모나 가정교사들이 교육을 핑계로 아이에게서 자유를 빼앗아 고통을 안겨준다고 진단했다.

"사람들이여, 아이의 놀이와 즐거움과 사랑스러운 천성을 독려하라. 웃음이 항상 입가를 떠나지 않으며 영혼이 언제나 평화로웠던 그 시절을 그리워하지 않는 사람이 누가 있는가. 왜 당신은 그 천진한 아이에게서 쏜살같이 지나가는 그렇게도 짧은 순간의 환희와 그들이 남용할 줄 모르는 귀중한 행복을 빼앗으려 하는가."

루소는 행복 중에 제일가는 행복은 권력이 아니라 자유라고 단정하면서 아이에게 자유를 주라고 말한다.

"참으로 자유로운 사람은 자신이 할 수 있는 것만을 바라며 자신의 의사대로 행한다. 이것이 기본 원칙이다. 문제는 이것을 유년 시절에 적용시키는 데 있다. 교육의 모든 원칙과 이념은 여기서 비롯된다."

루소는 자유 못지않게 자연을 중시했다. 그는 자연과 더불어 사는 게 좋다며 에밀을 시골에서 키운다.

"도시는 인류를 타락으로 이끄는 심연(深淵)이다. 이곳에 사는 종족은 몇 세대 후 멸망하거나 쇠퇴하고 말 것이다. 그들을 새롭게 소생시킬 수 있는 곳은 농촌이다. 아이를 농촌으로 보내라. 도시에서 잃어버린 그들의 생기를 전원에서 찾도록 해주어야 한다."

이는 그가 남긴 유명한 화두 '자연으로 돌아가라'의 핵심 문장이다. 태어날 때 선을 지니고 나왔으나 어느새 악의 구렁텅이에 빠져버린 아이의 본성을 자연에서 회복시켜 줄 필요가 있다는 주장이다.

어릴 적 독서광이었던 루소는 《에밀》에서 아이가 15세가 될 때까지는 독서를 금해야 한다는 다소 엉뚱한 주장을 한다. 그러면서 단 하나의 책은 예외로 했다. 다니엘 디포의 소설 《로빈슨 크루소》가 그것이다. 영국 선원이 항해 중 납치를 당해 무인도에서 자연과 싸우며 무려 28년간 생존하다 귀국하는 모습을 그린 작품이다. 루소는 이런 책의 경우 자기 보존 능력을 키워주기 때문에 어릴 때 읽더라도 유용하다는 생각이다. 이런 생각은 루소 자신이 어릴 적부터 평생 자연을 벗 삼아 시골에 살았던 경험과 무관하지 않아 보인다. 가정적으로 경제적으로 고단한 생을 살았지만, 자연의 도움을 받았기에 그나마 삶의 의미를 찾을 수 있었다는 인식 말이다.

루소는 태어난 지 일주일 만에 어머니가 죽는 바람에 성장기 내내 불행했다. 시계 수리공 아버지는 아들한테 관심이 없었으며, 14세 때 재혼하면서 영영 갈라서고 말았다. 이후 그는 동판 조각공, 필사 견습공, 하인, 가정교사 생활을 전전했다. 그는 16세 때 교양과 미모를 갖춘 12살 연상의 바랑 부인을 만나 인생의 전환점을 맞는다. 서로 엄마, 아가라 부르다 애매한 연인으로 발전한 두 사람은 이후 약 15년간 친교를 유지했으며, 대부분 아름다운 계곡과 같은 자연에서 살았다. 루소는 특히 20대 초반 5년간 샤르메트 계곡에서 바랑 부인과 함께 지내며 다방면의 독서에 심취했다. 철학, 신학, 문학, 역사학, 지리학, 기하학, 천문학 등 그야말로 통섭적 독서를 했다. 위대한 사상가의 틀은 이 시절 자연 속에서 다듬어진 셈이다. 루소에게 자연이란 산천초목만을 의미하는 게 아니다. 일상의 '자연스러움'을 더 소중하게 여긴 듯하다.

"자연은 어린이가 어른이 되기 전에는 어린이로 있기를 바란다. 만일 이 순리를 바꾸려 한다면 설익고 맛도 없으며 곧 썩어버리는 속성 과일을 만드는 꼴이 될 것이다. 유년기에는 그들 특유의 보는 법, 생각하는 법, 느끼는 법이 있다. 이러한 그들 특유의 방법을 어른의 방법으로 대치시키려고 하는 것은 미련하고 무분별한 일이다."

어른이 아이를 속박하지 않는 것이 자연스러움이다. 《에밀》에서 루소는 이렇게도 말한다.

"어린이는 어린이다워야 한다. 어린이는 자신이 약하다는 것을 깨달아야 하지만 그렇다고 해서 그것 때문에 고통받아서는 안 된다. 어린이는 어른에게 의존해야 하지만 복종케 해서는 안 된다. 어린이에게는 요구를 해야지, 명령해서는 안 된다."

루소는 자연상태에 있는 아이는 자기 능력과 욕망 간의 차이가 적기 때문에 그만큼 행복하다는 점도 강조한다. 에밀은 260년 전 당시 상황에서 아이의 시각으로 기획된 급진 교육이론이었다. 학계에 엄청난 반향을 불러일으켰음은 당연하다. 독일의 괴테는 "호주머니에는 《호메로스》, 머리에는 《에밀》에 관한 기억이 항상 담겨 있었다"라고 말했다. 그리고 칸트는 《에밀》을 읽느라 정확하기로 유명한 정시 산책 기회를 놓쳤다는 일화가 전해진다.

　루소는 이 책으로 학문적 명성을 얻었지만 엄청난 시련을 감수해야 했다. 《에밀》은 출간되자마자 불과 2개월 전 출간된 또다른 저서 《사회계약론》과 함께 금서 처분을 받았다. 제4부에 있는 '사부아 보좌신부의 신앙고백'이 이른바 이신론(理神論)에 해당돼 당국과 기독교계의 분노를 샀기 때문이다. 이후 그의 인생 대부분은 도피와 은둔의 연속이었다. 하지만 그가 머문 곳은 자연이었다.

　《에밀》은 내용에 모순이 없지 않고 오랜 세월이 흐른 탓에 바로 적용하기 힘든 부분이 많다. 하지만 아이의 올바른 성장에 자유와 자연이 소중함을 역설한 루소의 목소리는 지금도 생생하게 들려오는 듯하다. 우리 사회 젊은 부모들은 아직도 그 메시지를 제대로 새겨듣지 못했을 것이라 생각된다.

　이 시대 우리 아이들은 자유로운가, 그리고 자연스러운 환경에 놓여있는가. '그렇다'라고 자신 있게 말할 수 있는 부모가 얼마나 될까. 우리 아이들은 겉으로는 별 불만 없이 살고 있는 듯하다. 하지만 세상과 부모의 욕심에 휘둘려 속으로는 신음하고 있다. 경쟁의 채찍이 난무하는 숨 막히는 도시를 떠나 푸르른 자연 속에서 큰 호흡으로 자유를 노래할 수 있는 농촌으로 당장 달려가고 싶어 한다.

"인간은 자유롭게 태어났지만 어디서나 쇠사슬에 매여 있다."
루소의《사회계약론》첫머리에 나오는 말이다. 아이들을 묶어놓은 쇠사슬을 이제 풀어줘야 하지 않을까.

02
조기교육의 성공 조건

아버지는 내가 배운 어떤 것도 단순한 기억의 연습으로
타락하는 것을 결코 허용하지 않았다. 아버지는 이해력을
교육의 모든 단계와 함께 가게 했을 뿐 아니라
가능하면 이해력을 선행시키려고 노력했다.

– 존 스튜어트 밀《존 스튜어트 밀 자서전》

    조기교육이 유행이다. 우리말도 제대로 익히지 못한 아이를
외국어 학원에 보내는가 하면, 서너 살짜리 아이를 각종 예체능
학원으로 내몰고 있다. 사교육 시장이 영재교육이란 이름으로
부추기는 측면도 있다. 부모 입장에선 어리면 어릴수록 지식 흡
수력이 빠르다는 판단에서이기도 하고, 저출산 시대 학업 경쟁
이 워낙 치열해서이기도 하다. 통계에 따르면 한국과 일본, 중국

에 특히 조기교육 바람이 거세다. 좋은 의미로 높은 교육열을 반영한 것이긴 하지만 부모의 과도한 욕심이 상당 부분 개입되지 않았을까 싶다. 그러나 아이의 학습 능력에 따라서는 좋은 점도 있을 테니 대놓고 비판할 일은 아니다.

철저한 조기교육을 통해 크게 성공한 사람이 있다. 《자유론》을 쓴 영국 사상가 존 스튜어트 밀(1806~1873). 그는 조기교육의 상징이다. 아니, 일종의 조기교육 실험 대상이었다. 다행히 실험은 크게 성공했다. 그의 아버지 제임스 밀은 에든버러 대학을 나온 가난한 저술가였다. 공리주의 철학자 제러미 벤담의 친구였던 아버지는 '어린아이의 정신은 백지상태와 같다'는 철학자 존 로크의 견해에 공감하게 된다.

아이를 합리적, 과학적으로 잘 가르치면 천재가 될 수 있다는 생각을 하기에 이른다. 그래서 또래 아이들과 놀거나 그들의 나쁜 습관을 따라 하면서 시간을 허비하지 않도록 아들을 집에서 직접 가르친다. 밀은 평생 학교는 문 앞에도 가보지 않았다. 교육은 거의 전적으로 아버지 몫이었다. 저술하는 틈틈이 가르쳤다. 밀은 3살 때 고대 그리스어를 배워 5살 때 그리스어로 쓰인 고전을 읽었으며, 6살 때 로마 역사를 썼고, 7살 때는 《플라톤의 대화편》을 원어로 이해했다. 8살 때 라틴어를 배웠으며, 9살 때 대수학과 프랑스어를 익혔다. 12살 때는 경제학, 정치학, 논리학에 대해 폭넓은 이해 능력을 갖췄다. 그가 쓴 자서전을 보면 아버지가 지극 정성이었다. 그리스어를 배우던 시기의 회고다.

"아버지가 교육을 위해 무슨 일이라도 할 작정이었던 건 다음 사실에서 알 수 있다. 즉 나는 그가 쓰는 방의 그와 같은 책상에서 그리스어 수업을 준비하는 전 과정을 밟았는데, 그 당시 그리스어-영어 사전은 아직 없었고 아직 라틴어를 배우지 않아 그리스-라틴어 사전을 사용할 수 없었기 때문에 내가 모르는 모든 단어의 의미를 그에게 묻지 않을 수 없었다. 그는 참을성이 정말 없는 사람이면서도 나의 이런 끊임없는 방해를 참고 견디면서 자신의 책을 집필했다."

밀은 글을 익히면서부터 독서에 몰두했다. 자서전에 기록한 유아 및 소년 시절 독서의 양과 수준을 살펴보면 입이 다물어지지 않는다. 역사, 문학, 철학과 관련된 인문고전은 모조리 탐독한 듯하다. 13세 이전의 일이다. 밀은 20대에 이미 뛰어난 사상가로 인정받기 시작했다. 이후 학문이 깊어져 철학, 경제학, 역사학, 정치학, 종교학, 여성학을 포괄하는 대사상가로 자리매김했다.

그런데 밀에 대한 조기교육은 친구들과 어울려 놀지 못하게 통제하는 등 인조교육, 밀봉교육의 성격을 띠지만 내용을 들여다보면 합리적인 측면도 없지 않았다. 첫머리에 소개한 글, 밀의 회고처럼 아버지는 단순 암기나 주입식이 아니라 이해력을 특별히 중시했다. 주입식 교육의 폐해를 밀 스스로 분명하게 인식하고 있었다. 자서전에 나오는 말이다.

"많은 지식을 주입 받은 대부분의 소년, 소녀는 그 정신적 능력을 강화할 수 없고 도리어 그것에 억압당한다. 그들은 단순한 사실이나 타인의 의견이나 말을 주입 당하고 그것들을 그들 자신의 의견을 창출해내는 힘의 대용품으로 받아들인다. 그리하여 자녀 교육에 힘을 쓰지 않은 유명한 아버지의 자녀들은 자신들이 배운 것을 반복하는 인간으로 길러지고, 그들을 위해 끌어온 항로 밖에 나서면 자신의 정신을 사용할 수가 없다."

밀은 12살 무렵 논리학과 정치경제학 배울 때를 이렇게 회고했다.

"아버지는 모든 것을 스스로 찾도록 하기 위해 내 능력을 지나칠 정도로 활동시키는 일을 환기하려고 애썼다. 그는 내가 갖가지 어려움을 충분히 깨달은 뒤에야 설명해주었다."

또 밀에 대한 조기교육은 철저하리만큼 토론식으로 진행되었다. 아버지가 매일 아들을 데리고 산책하면서 그간 배운 것을 토론으로 익히게 했다. 역시 12살 무렵의 회고다.

"아버지는 산책을 하면서 나에게 정치경제학을 강의하기 시작했다. 그는 매일 주제의 일부를 설명했고, 다음 날 나는 그것을 문장으로 써서 보여주었다. 그는 그 글이 명확하고 상당히 완전하게 될 때까지 몇 번이나 고쳐 쓰게 했다."

밀은 14세 때 아버지로부터 받는 교육을 거의 마무리했다.

"나는 14살 무렵 1년 이상 영국을 떠났고, 귀국 후에는 아버지의 일반적 감독하에 공부를 계속했지만 그는 이제 나의 선생이 아니었다."

16살 때부터 그는 신문과 잡지에 본격적으로 글을 쓰기 시작했다. 자유, 종교, 이성, 지식 등 철학적 주제를 주로 다루었다. 이후에는 벤담을 비롯한 아버지 친구들과 어울려 토론하기를 즐겼다. 밀의 성장기를 살펴보면, 그는 타고난 천재였음이 분명하다. '이슈노트'의 2018년 보도에 따르면, 천재들의 지능을 유추해본 결과 밀의 아이큐는 182.5라고 한다. 괴테 다빈치 뉴턴 라이프니츠에 이어 5위란다. 굳이 조기교육을 받지 않았더라도 그는 대사상가가 되었을지도 모른다. 조기교육을 받은 밀에게 어려움이 전혀 없었던 것은 아니다. 어린 시절의 기이했던 환경 탓에 평생 사람들과 다소 거리를 둔 채 외롭게 지냈다. 그의 슬픈 회고다.

"나에게는 어린 친구가 없었고, 육체 활동에 대한 동물적 욕구는 산책이 충족해주었다. 거의 혼자 했던 놀이는 책 읽기만은 아니었지만, 일반적으로 조용한 것이었고 정신 면에서 공부 이외에 거의 자극을 받지 못했다. (중략) 아버지가 나의 결함을 모르지 않았지만 나는 소년으로서도 청년으로서도 이에 대해 아버지에게 엄하게 꾸중을 들었고 늘 괴로워했다."

아버지는 자연과학까지 교육하면서도 벤담이 인간을 바보로 만든다고 규정한 종교와 형이상학, 그리고 시는 가르치지 않았다. 밀은 20대 초반 정신적 위기를 경험하고서야 스스로 시인 워즈워스, 콜리지를 만나 인간과 사랑의 의미를 체득하게 된다.

밀의 조기교육이 성공했다고 해서 우리 모두 조기교육에 나설 일은 아니다. 그는 천재였기에 좋은 환경에서 일찍 영재교육을 받기 시작했고, 이를 스스로 잘 소화했다고 봐야 한다. 조기교육은 기본적으로 아이 본인보다 부모 등 성인의 뜻으로 교육 시기를 앞당기는 것이어서 아이가 잘 따르지 않을 수도 있다는 위험성을 갖고 있다. 능력 때문이든 성격 때문이든 교육 내용을 소화하지 못하면 득보다 실이 더 클지도 모른다. 보통의 아이들에게는 약간의 선행학습은 몰라도 군이 조기교육을 시킬 필요가 없다.

조기교육을 한다 해도 암기 위주의 주입식 교육은 금물이다. 밀을 보라. 그가 아무리 천재라 해도 그 많은 학습량을 암기하라고 다그쳤다면 금방 싫증을 느꼈을지도 모른다. 아버지와 매일 산책하며 대화하는 방식으로 공부했으니 그 시간이 즐거웠을 수도 있다.

밀을 보면 역시 공부의 핵심은 독서 아닐까 싶다. 아니, 독서가 공부의 전부인지도 모른다. 부모 입장에서 조기교육이 필요하다고 생각되는 나이에 책 읽는 습관만 잘 들여도 성공이다. 이 역시 아이가 흥미를 가져야 한다. 부모 욕심으로 밀어붙이면 독서의 자발적 동기와 자기 주도성을 잃게 된다.

그러니 젊은 부모들이여, 너무 조바심내지 말지어다. 대부분

의 아이에게 가장 좋은 것은 두말할 필요도 없이 적기교육(適期
敎育)이다. 장 자크 루소가《에밀》에서 한 말은 여전히 힘이 있다.

"아이의 자연성에 맞추어 교육하라. 그리고 아이에게 자유를
줘라."

좋은 부모가 걸어야 할 길

부모는 처음부터 자녀의 인격을 존중하는 마음을 가져야 한다.
자녀의 인격을 존중하는 마음은 도덕적이거나
논리적인 원칙의 문제에 그쳐서는 안 되며, 소유욕이나 억압이 결코
뿌리내리지 못할 만큼의 확고한 신념에서 비롯된 것이어야 한다.

– 버트런드 러셀 《행복의 정복》

미국에서 케네디 가문이라면 영국에선 러셀 가문이다. 20세기 최고의 지성이라 불리는 버트런드 러셀(1872~1970)을 배출한 집안이다. 그의 할아버지는 빅토리아 여왕 치세 때 수상을 두 차례나 지냈다.

러셀 가문은 자유로우면서도 진보적인 가풍을 유지했다. 자녀 교육에 있어서도 지나치게 엄격하거나 금욕적인 가르침을 좋지

않게 여겼다. 위대한 철학자 러셀은 당시로선 상당히 자유분방한 환경에서 성장했다. 그가 저술한 《행복의 정복》,《자녀 교육론》,《인생은 뜨겁게(자서전)》를 보면 이런 분위기를 쉽게 읽을 수 있다. 《행복의 정복》은 환갑을 바라보던 1930년에 나왔기에 고전에 가깝지만, 내용은 전혀 낡지 않았다. 시대를 초월한 최고의 행복지침서라 해도 지나치지 않다. 철학적 사유가 깊숙이 배어있기 때문이다.

서두에 소개한 글은 이 책의 '좋은 부모가 되려면' 항목에 나오는 문장이다. 러셀은 당시에 이미 가족제도가 심하게 와해되었음을 안타까워하며 젊은 부모들에게 각성을 촉구한다. 마치 지금 하는 이야기처럼 들린다.

"부모의 자녀에 대한 사랑, 그리고 자녀의 부모에 대한 사랑은 행복의 가장 큰 원천의 하나가 될 수 있다. 하지만 요즘 부모와 자녀의 관계는 대부분 양쪽 모두에게, 혹은 어느 한 쪽에게 불행의 원천이 되고 있다. (중략) 자녀들과 행복한 관계를 맺고 싶거나 자녀들에게 행복한 생활을 마련해주기를 바라는 어른은 부모다움에 대해 진지하게 고민해야 하며 고민한 후에는 현명하게 행동해야 한다."

러셀은 "부모가 된다는 것은 심리적으로 볼 때 인생이 제공할 수 있는 가장 훌륭하고도 지속적인 행복"이라고 진단했다. 당연히 자녀 갖기를 권장한다. 중요한 것은 좋은 양육이다. 그는 부모와 자녀, 양쪽 모두 만족감을 얻으려면 상대방의 인격이 다치지 않도록 세심하게 배려하고 존중하는 마음을 가져야 한다고 강조한다. 여기서 러셀은 어린 자녀에 대한 부모의 '권력욕'을 특별히 경계했다. 부모 입장에선 즐거움에 속하는 일이 자칫 아이에겐 비인격적인 대우가 될 수 있다는 점을 지적한다. 깊은 통찰에서 나온 가르침이다.

"새로 태어난 생명은 무력하므로 부모 마음속에는 새 생명이 필요로 하는 것을 주고 싶다는 충동이 일어난다. 이 충동은 자녀에 대한 부모의 사랑을 만족시켜 줄 뿐만 아니라 부모의 권력욕까지 만족시켜 준다. 갓난아이를 무력한 존재로 여기면서 기울이는 사랑은 이기적인 것이다."

러셀은 이런 예까지 들면서 권력 행사를 자제하라고 간곡히 조언한다.

"혼자서 밥을 먹을 수 있는 자녀에게 당신이 밥을 먹여준다고 하자. 당신은 그저 아이의 수고를 덜어주려고 한 행동이라 생각하겠지만 사실은 아이의 행복보다 자신의 권력욕을 앞세우는 것이다. 만일 당신이 자녀가 위험에 대해 지나친 강박관념을 가지도록 만든다면 당신이 그런 행동을 하는 이유는 아이가 계속 당신에게 의존하며 살았으면 하는 욕망 때문일 것이다. 만일 당신이 자녀의 반응을 기대하면서 사랑을 과시한다면 당신이 그런 행동을 하는 이유는 아이의 감정을 움직여서 아이를 당신 곁에 꼭 붙들어 매려는 욕망 때문일 것이다."

러셀은 부모가 가급적 권력을 행사하지 않아야 자녀가 행복해지고 부모 자녀 관계가 화목해진다고 강조한다. 자녀가 반발할 일도 없고, 부모가 실망할 일도 없을 것이기 때문이란다.

"자녀에게 권력을 행사하는 것보다 자녀가 행복하게 살기를 바라는 부모라면 이렇게 해라, 저렇게 해라, 이렇게 하면 안 되고, 저렇게 해도 안 된다는 식의 정신분석학 교과서는 결코 필요하지 않을 것이다. 이런 부모는 그저 마음 가는 대로 따라가다 보면 올바른 길을 찾게 될 것이다."

러셀의 결론은 이 한마디 아닌가 싶다.

"자녀에게 권력을 행사하지 않고 자녀의 인격을 존중하는 부모가 가장 좋은 부모이다."

러셀의 이런 자녀 교육법은 자신의 성장 및 자녀 양육 경험에서 터득한 것으로 보인다. 러셀은 좋은 가문에서 태어났지만 불행한 유년기를 보냈다. 2살 때 어머니, 4살 때 아버지를 잃었기 때문이다. 할머니의 보살핌을 받았지만 그다지 따뜻한 품속은 아니었던 것 같다. 공교육을 거부한 할머니의 교육 방침에 따라 가정교사들의 가르침을 받았다. 외로움을 감수하지 않으면 안 되었다. 자서전에 나오는 표현이다.

"어린 시절을 통틀어 내게 하루 중 가장 중요한 시간은 정원에서 혼자 보내는 시간이었으며, 따라서 내 존재의 가장 상릴한 부분은 항시 고독했다. 나는 깊은 생각을 남들한테 잘 말하지 않았고 간혹 말하더라도 곧 후회하곤 했다. (중략) 유년기를 거치면서 외로움도 커졌고 더불어 대화할 수 있는 사람을 행여 만나려나 기대하다 절망하는 일도 많아졌다. 완전히 실의에 빠진 나를 구해준 것은 자연과 책과 (좀 더 나중에는) 수학이었다."

러셀은 "청년기(10대를 지칭)도 대단히 외롭고 불행한 시기였다"라고 회고했다. 그러다 케임브리지 대학에 진학하면서부터 자신도 놀랄 만큼 사교적인 젊은이로 변신했다. 사랑을 키워오던 앨리스란 여성과 22세 때 결혼하지만 아이는 얻지 못했다. 그가 첫아이를 가진 건 49세 때다. 앨리스와 이혼하고 두 번째로 결혼한 도라에게서 아들을 얻었으며 2년 뒤엔 딸도 태어났다. 65세 때는 3번째 부인 피터에게서 막내아들을 얻었다. 육아 책임감 때문에 장수한 것일까. 그는 98세까지 살았다.

러셀은 자녀들에게 자유로운 교육 분위기를 제공한다는 생각으로 기존 학교에 보내지 않았다. 자기처럼 가정교사에게 맡기지도 않고 아예 자그마한 학교를 하나 만들어 운영했다. 기존 학교에 보내지 않은 이유를 러셀은 이렇게 설명했다.

"우리는 점잔 빼는 교육, 종교 교육이 싫었고 기타 전통적 학교들에서 당연시되는 자유에 대한 무수한 제약들이 싫었다."

자서전에 나오는 말이다. 그는 바다와 야생 산림이 내려다보이는 곳에 집을 짓고 자기 아이 또래 20명 정도를 모아 기숙 학교를 운영했다. 하지만 학교 운영이 순탄하진 않았다고 고백했다. 예나 지금이나 자녀 교육에는 왕도가 없다. 수많은 교육 지침서가 나와 있고 부모들이 신경 써 교육을 시키지만, 만족스러운 결과를 얻지 못해 실망하는 경우가 많다. 부모로서는 자녀가 건강하게 훌륭하게 자라주면 더없이 행복하겠지만 마음대로 되질 않는다.

그런데 세상에는 분명 좋은 부모가 있고 나쁜 부모가 있다. 좋고 나쁨의 종류가 다양하고 그것을 구분하는 잣대 또한 여럿이겠지만 나는 '욕심'이란 단어에 주목한다. 욕심 중에 가장 나쁜 욕심은 자기 자녀에게서 행복을 빼앗으려는 욕심 아닐까 싶다. 흔히 아이는 하얀 도화지라고들 한다. 더없이 순수하고 무한한 가능성을 지닌 존재라는 뜻일 것이다. 부모가 아이의 적성과 재능을 일찍 파악해 방향을 잘 잡아주면 훌륭한 그림을 그리겠지만, 자기 욕심에 빠져 가이드를 잘못하면 의미 있는 그림을 그려내지 못할 것이다.

이 지점에서 우리 젊은 부모들은 러셀이 말하는 자녀에 대한 권력욕의 크기를 재어 보아야 한다. 자기 자녀에게 적절히 자유를 부여하고 있는지, 자녀가 진정으로 하고 싶은 것을 하도록 도와주고 있는지, 자녀에게 능력 이상의 성취를 요구하지나 않는지 점검해봐야 한다.

세상에는 자녀가 하기 싫은 것을 강요하는 욕심쟁이 부모가 참 많다. 이런 부모는 두말할 필요도 없이 자녀한테서 행복을 빼앗는 사람이다. 나쁜 부모의 전형이다. 칼릴 지브란의 지적에 귀 기울여 보자.

"여러분의 자녀는 여러분의 것이 아닙니다. 여러분은 그들에게 사랑을 줄 수는 있지만 생각을 강요할 수는 없습니다."

자녀를 행복하게, 훌륭하게 키우기 위한 제1 계명은 부모가 자기 욕심을 버리는 것이다. 권력을 행사하기보다 차라리 방목하는 것이 더 나을 수도 있다.

거인들의 인생문장

04

장애 자녀를 둔
어머니의 힘

당신의 아이가 당신이 바라는 대로 건강하고 멀쩡하게 태어나지
못했더라도, 몸이나 정신, 아니면 둘 다 부족하고 남들과 다르게
태어났더라도, 이 아이는 그래도 당신의 아이라는 것을
명심해야 한다. 또한 아이에게도 그것이 어떤 삶이든지 간에
삶의 권리가 있고, 행복해질 권리가 있어서 부모가
그 행복을 찾아 주어야 한다는 사실을 잊어서는 안 된다.

– 펄 벅《자라지 않는 아이》

베스트셀러 소설《대지》로 노벨 문학상을 받은 미국 여성 작
가 펄 벅(1892~1973)에겐 크나큰 아픔이 있었다. 딸 캐롤이 중증
지적 장애를 안고 태어났기에 평생 무거운 짐을 지고 살아야 했
던 것이다.

벅이 1950년 발표한 수필집《자라지 않는 아이》를 보면, 장애 아이를 키우는 어머니의 애환이 고스란히 담겨있다. 첫머리에 소개한 글은 이 책에서 벅이 한 말이다. 장애 자녀를 둔 세상의 어머니들에게 그는 당당하게 살 것을 주문했다. 글은 이렇게 이어진다.

"(장애) 아이를 자랑스럽게 생각하고, 있는 그대로 아이를 받아들이고, 아무것도 모르는 사람들의 말이나 시선에 신경 쓰지 말아야 한다. 이 아이는 당신 자신과 세상 모든 아이들에게 중요한 의미를 지니는 존재이다. 아이를 위해, 아이와 함께 아이의 삶을 완성해 주는 데에서 틀림없이 기쁨을 느낄 수 있을 것이다. 고개를 당당히 들고 주어진 길을 가는 것이다."

벅은 생후 3개월일 때 기독교 선교사인 부모를 따라 중국으로 건너왔으며, 이후 미국을 오가며 반평생을 그곳에서 살았다. 중국에서 미국인 농경제학자 청년을 만나 결혼해 낳은 아이가 바로 캐롤이다. 태어날 땐 너무나 예쁘고 총명해 보였다고 한다. 산모 벅은 처음 아이를 대면하면서 중국인 간호사에게 "나이에 비해 지혜로워 보이지 않아요?"라고 물었단다. 태어난 지 채 한 시간도 되지 않았을 때다. 간호사는 "정말 그래요. 이 아기는 뭔가 중요한 일을 해낼 거예요"라고 화답했다. 그런 아이가 3살 무렵 지적 장애 증상이 확인되었다. 말을 제대로 하지 못했기 때문이다. 설마 하던 벅은 그러고도 한참 후에야 장애를 인정하게 되었다.

"나는 내 아이가 4살이 다 되었을 때에야 정신적 성장을 멈추었다는 것을 알게 되었다. 사람에게는 누구나 슬픈 진실을 마주해야 할 순간이 온다. 어떤 사람은 한순간에 갑자기 진실을 깨닫지만 나 같은 사람에게는 그 깨달음이 아주 천천히 조금씩 온다. 마지막 순간까지 나는 진실을 받아들이고 인정하지 않으려 했던 것이다."

지적 장애 자녀를 만나는 대부분의 부모가 겪는 초기 부정(否定) 심리 아닐까 싶다. 조금만 더 기다려 보자고 계속 미루다 결국 인정할 수밖에 없는 슬픈 현실을 경험한 것이다. 그 충격과 좌절, 미래에 대한 걱정은 장애 아이를 키워본 적이 없는 부모는 상상조차 하기 어려울 것이다. 벅은 사방팔방으로 찾아다녔다. 미국으로 건너가 아동병원, 내분비 전문의, 정신과 의사들을 수없이 만났으나 희망이 보이지 않았다. 한 소아과 의사가 솔직하게 진실을 말해주었다.

"아주머니, 이 아이는 절대 정상이 될 수 없습니다. 포기하고 현실을 직시하지 않으면 아주머니의 삶은 완전히 망가지고 집안은 거덜이 날 겁니다. 아이는 영영 낫지 않을 것입니다."

그때의 심정을 벅은 이렇게 표현했다.

"이런 순간을 겪어 본 사람은 말하지 않아도 알겠지만 이런 경험이 없는 사람은 무슨 말로 설명하더라도 이해하지 못할 것이다. 그때 내 심정에 가장 가까운 표현은 몸 안에서 피가 철철 흘러넘치는 것 같은 느낌이라고 할 것이다."

벅은 당시 자신에게 닥친 슬픔은 영원히 달래지지 않는 것이라고 묘사했다.

"세상에는 두 가지 종류의 슬픔이 있다. 달랠 수 있는 슬픔과 달래지지 않는 슬픔이다. 달랠 수 있는 슬픔은 살면서 마음속에 묻고 잊을 수 있는 슬픔이지만, 달랠 수 없는 슬픔은 삶을 바꾸어 놓으며 슬픔 그 자체가 삶이 되기도 한다. 사라지는 슬픔은 달랠 수 있지만 안고 살아가야 하는 슬픔은 달래지지 않는다."

벅이 느낀 슬픔의 본질은 절망과 걱정 두 가지가 아닐까 싶다.

"아이가 오늘도 어제와 달라진 것이 없다는 것을 매일 느끼면서 절망은 더욱 깊어 간다. 아이를 돌보기는 힘들고 아무리 노력해 봐야 성과도 없다. 절망감에 더해 공포와 함께 이런 염려가 마음속을 떠나지 않는다. '내가 죽고 나면 누가 이런 일을 해줄까?'"

캐롤이 9살이 되었을 때 벅은 결단을 내렸다. 좋은 시설에 보내는 것이다.

"나는 행복이 아이의 환경이 되게 해주어야겠다는 결론을 내렸다. 아이에 대한 기대, 긍지도 모두 버리고 있는 그대로 아이를 받아들이고, 다만 흐릿한 아이의 정신에 어떤 빛이 반짝일 때 감사하기만 하겠다고 결심했다. 아이가 가장 행복하게 지낼 수 있는 곳에 아이의 집을 마련해 주면 되는 것이었다."

캐롤은 미국 뉴저지주에 있는 특수학교로 보내졌다. 그곳에서 평생 살다가 벅 사후 19년 뒤, 72세로 세상을 떠났다. 벅은 딸을 위해 최고의 시설을 마련해 주었으며, 출판 인세 등으로 특수학교에 기부도 많이 했다. 벅은 자신에게 닥친 불행을 글쓰기로 극복했다. 아이에게 장애가 확인되었지만, 남편은 무관심했기에 아이 돌봄은 전적으로 자신의 몫이었다. 그러나 자신에게 글재주가 있음을 확인한 벅은 틈틈이 소설을 썼고, 39세 때 《대지》를 발표하면서 세계적인 작가로 등극했다.

여기에 머물지 않았다. 중국과 한국, 일본을 오가면서 버려진 아이들을 수없이 발견하고는 이들에게 도움의 손길을 내밀었다. 특히 미국인과 아시아인 사이에서 태어난 혼혈 아동들을 미국으로 입양하는 일에 앞장섰다. 이를 위해 재단까지 만들었으며, 자기 재산의 상당 부분을 투입했다. 자신도 7명의 아이를 입양해서 키웠다. 벅이 캐롤을 낳은 것은 100년도 더 된 1920년의 일이다. 지적 장애 아이와 그 부모에 대한 세상의 시선이나 사회 경제적 환경은 지금보다 훨씬 열악했다. 미국이라고 특별하지 않았다.

지금 대한민국의 현실은 어떤가. 많이 좋아졌다지만 장애에 대한 무지와 편견은 여전하다. 그래서 부모들이 많이 힘들어한다. 부모가 행복해야 아이가 행복할 텐데 현실은 그렇지 않다. 자기 자녀에게 장애가 발견되는 순간, 대부분의 부모는 충격을 받는다. 믿고 싶지 않지만 현실은 어쩔 수 없다. 우울감과 무력감이 한꺼번에 몰려온다. 만성적인 슬픔에 잠기다 보면 대인기피 증상이 나타나기도 한다. 더 큰 문제는 아이에 대한 죄책감과 주변 사람들을 의식하는 수치심이다. 지적 장애는 의학적으로 부모한테 직접적인 책임은 없다. 그럼에도 불구하고 조금이라도 유전성이 있는 게 아닌지, 임신 중 부주의가 없었는지 자책하는 부모가 적지 않다. 집 바깥에서 아이와 함께 온갖 사람들을 만날 수밖에 없는 상황에서 수치심은 현실적으로 피하기 어렵다. 이런 상황에서 무엇보다 중요한 것은 부모의 마음가짐이다. 떨쳐버리기 힘든 슬픔을 감당하는 법을 익히기가 쉽지 않겠지만 그래도 익혀야 한다. 주어진 현실을 솔직하게 인정하고 스스로 극복하지 않으면 안 된다. 중증 장애 아이 본인에게 슬픔이 없다는 건 그나마 불행 중 다행이다. 부모만 마음을 단단히 먹으면 된다. 벽의 조언이다.

"아이가 정상이 될 수 없다는 것을 알게 되었더라도 아이 본인은 자기 상황에 대해 알 수 없다는 것에 감사해야 한다. 아이는 삶의 무게를 느끼지 못하므로 부모들만 짐을 지면 되는 것이다. 부모들은 그 짐을 지는 법을 어떻게든 익혀 나가야 한다."

짐은 당연히 부부가 함께 져야 한다. 그 짐이 너무나 무겁고 오래도록, 아니 평생토록 지지 않으면 안 되는 것이기 때문이다. 누구나 힘들고 지치기 마련이다. 미래에 대한 걱정과 불안이 수시로 엄습하기 때문에 부부가 서로 마음 다독이며 함께 걸어가지 않으면 안 되는 길이다. 벅은 남편의 무관심을 참을 수 없었다. 노벨 문학상을 받을 정도로 이름이 알려져 경제적 독립이 이뤄지자 미련 없이 남편과 이혼하고 미국으로 건너가 버렸다. 이처럼 장애 자녀를 둔 부부가 갈등을 빚을 가능성은 상당히 크다. 그러나 시련을 극복하는 데 혼자보다는 둘이 더 낫다는 사실을 인식할 필요가 있다.

더 중요한 것 하나, 부모는 자신이 진정으로 하고 싶은 일거리를 찾아야 한다. 특히 어머니가 전적으로 아이에게 매달리는 것은 위험한 일이다. 어머니가 지쳐버리면 모두가 무너질 수도 있다. 자기 삶에 스스로 활력을 불어넣어야 한다. 벅은 글쓰기를 택해 엄청난 성공까지 일궈냈다. 장애 자녀를 뒀다고 해서 자기 인생이 나락으로 떨어지는 것만은 아니다.

Chapter 5

마음에 평화가
깃들게 하려면

거인들의 인생문장

01

방황은 바른길을 찾아가는 여정이다

인간은 지향(志向)이 있는 한 방황하느니라.

– 요한 볼프강 폰 괴테 《파우스트》

방황하는 사람이 참 많다. 방황은 '청춘의 특권'이란 말이 있을
정도로 청년들에게 흔하지만 40세 전후 중장년기에 경험하는
사람도 적지 않다. 입시, 취업, 직장생활, 연애, 결혼, 육아, 종교,
교우, 퇴직 등 방황을 유발할 수 있는 상황과 요인이 그만큼 많
기 때문이다. 방황의 터널에서 금방 벗어나는 사람이 있는가 하
면 깊은 수렁에서 헤어나지 못해 오랫동안 힘들게 사는 사람도
있다. 방황의 사연은 각양각색이어서 탈출법을 누군가 쉽게 제
시해 주기는 어렵다. 자기 스스로 깊이 고뇌하지 않으면 안 되는

경우가 많다.

　독일의 천재 작가 괴테(1749~1832)가 살다간 200년 전 유럽 사회도 마찬가지였던 모양이다. 그의 희곡《파우스트》의 제1 주제는 '방황 탈출법'이라 여겨진다. 주인공 파우스트는 오랜 기간 악마와의 힘겨루기 끝에 결국 자기 힘으로 구원의 끈을 잡을 수 있었다.《파우스트》는 괴테가 22세 때 쓰기 시작해 꼬박 60년 만에 완성한 희대의 역작이다. 고대 그리스에서 출발해 중세와 근대에 이르기까지 유럽 3000년 역사를 넘나드는 작품이다. 인간이면 누구나 방황할 수 있다고 위로하며, 마음속에 솟구치는 지향점(志向點)이 있는 한 극복할 수 있다는 메시지를 전하기 위해 일생을 바쳤다고 해야겠다.

　작품은 주인공 파우스트가 악마인 메피스토펠레스의 유혹으로 자신의 영혼을 파는 계약을 맺어 온갖 복락을 누리지만 뜻하지 않게 '근심'을 만나 눈이 멀어 죽게 된다는 스토리로 구성되어 있다. 파우스트는 철학, 법학, 의학, 신학 등 중세 대학의 모든 학문을 섭렵한 노 지식인이다. 고매한 인격까지 갖춰 존경받는 학자지만 우주의 이치를 탐구하지 못했다고 자책하며 자살까지 생각하게 된다. 이때 악마가 등장한다. 악마가 신을 만나 파우스트를 시험하겠다고 하자 신은 이를 허용하며 "인간은 지향이 있는 한 방황하느니라"라고 말한다.

　신의 이 한마디는 작품 파우스트 전체를 관통하는 문장이다.

그런데 이 문장은 앞뒤가 맞지 않는 비문(非文)이다. 지향이 있다는 것은 무언가 목표가 있다는 것인데 방황하다니 이상하지 않은가. 반대로 방황한다는 데 지향이 있다는 논리도 이상하기는 매한가지다. 그런데 국내 최고 괴테 전문가로 꼽히는 전영애 서울대 명예교수의 설명을 들어보면 고개가 끄덕여진다.

"이 비문의 함의가 크다. 뒤집어 보면 지금 길을 잃고 방황하는 것은 갈 곳이, 목표가 있다는 이야기일 수 있는 것이다. 방황하지 않는 인간이 어디 있겠는가. 그런데 그 방황이 바로 목표가 있고 지향이 있기 때문이라니…. 참으로 큰 위로일 수 있다. 지금 방황해도 괜찮아. 가고 싶은 마음이 있으니 어딘가에 닿아. 그런 쉬운 말, 말이 될 듯 말 듯한 이 위로가 주는 여운이 크다. 참으로 정교한 비문이다."

작품에서 신이 곧이어 악마에게 던진 말도 비문이긴 마찬가지다.

"어두운 충동에 사로잡힌 선한 인간은 바른 길을 잘 의식하고 있다."

이 역시 전영애 교수의 해설대로라면 이해가 된다. 비록 현 상황이 잘못되어 있더라도 가고자 하는 길이 옳기 때문에 언젠가 그 길로 들어설 것이란 기대를 담고 있다고 본다. 나약한 인간에게 다정하게 손짓하는 신의 포용, 사랑이기도 하다.

파우스트와 악마는 계약을 맺는다. 우선 악마는 노인 파우스트에게 나이를 30년이나 빼준다. 악마는 파우스트를 위해 봉사하되 파우스트가 어느 순간 '멈추어라, 너 참 아름답구나'라는 만족감을 표시하면 파우스트의 영혼을 앗아가도 된다는 내기 성격의 계약이었다. 파우스트는 젊음을 무기로 온갖 부귀영화를 누리게 된다. 청순함의 상징인 그레트헨과의 사랑, 그리스의 전설적 미인 헬레나와의 결혼, 엄청난 부의 축적 등. 파우스트는 부러울 것 하나 없는 100세 노인이다. 다만 한 가지, 열쇠 구멍을 통해 스며드는 '근심'은 막을 길이 없었다. 근심이 파우스트에게 말한다.

"인간은 평생토록 눈이 멀었으니 이제 파우스트 당신도 결국 눈머시오."

그의 눈에 입김을 불어넣자 진짜 눈이 멀어버렸다. 두 눈을 뜨고도 눈먼 것처럼 살아온 파우스트가 진짜 눈이 멀자 이제 그에게 내면의 세계가 펼쳐진다. 순간 오래전에 악마와 했던 내기, 즉 계약의 말이 불쑥 튀어나왔다.

"멈추어라, 너 참 아름답구나."

작품에서 결국 파우스트는 죽는다. 자신의 무덤을 파는 삽질 소리가 그에게 들려온다. 그러나 괴테는 파우스트에게 구원의 여지를 남기며 긴 소설을 끝맺는다. 악마가 파우스트의 영혼을 접수해가려는 순간 천사들이 나타난다. 신은 아니지만 천사들이 이런 노래를 부른다.

"구원되었구나 고귀한 몸이 / 영의 세계에서 악으로부터 / 언제나 지향하며 노력하는 이 / 그를 우리가 구원할 수 있노라 / 그에게 사랑도 / 높은 곳에서 관여해 왔으니 / 축복받은 무리가 그를 맞는다 / 진심으로 환영하며."

괴테는 천재다. 그의 여러 직업 중 작가는 일부일 뿐이다. 바이마르 공국 제2인자로 제법 알려진 정치인이었으며 큰 업적을 이룬 자연과학자였고 훌륭한 그림을 남긴 화가이기도 하다. 이런 족적을 남기려면 타고난 재능에다 엄청난 열정이 더해져야 한다. 그런 괴테에게도 젊은 시절 아픔이 없지 않았다. 라이프치히 대학에 다닐 때 자신이 쓴 글이 비판 당하자 절망감에 빠졌고, 당시로써 큰 병인 결핵에 걸려 죽을 고비를 넘겨야 했다. 고등법원 수습생 시절 법률 관련 업무가 적성에 맞지 않아 방황해야 했고, 약혼한 남의 여자를 사랑했다가 어려움에 빠지기도 했다. 이는 그가 소설 《젊은 베르테르의 슬픔》과 희곡 《파우스트》을 집필한 동기인지도 모른다.

방황의 사전적 의미는 '분명한 방향이나 목표를 정하지 못해 갈팡질팡한다'는 것이다. 당사자에겐 무척 힘든 일이다. 경험해보지 않은 사람은 실감하기 어렵다. 주변에서 위로하고 격려해도 헤어나기 힘든 경우도 많다. 하지만 우리네 긴 인생에서 방황은 나아가야 할 목표가 있는 한 그다지 나쁘지 않다고도 할 수 있다. 방황하는 사람을 위로하는 좋은 말들을 가슴에 새겨볼 필요가 있다. 마음을 열고 들으면 살과 피가 될 수도 있기 때문이다.

"모든 인간에게 매 순간이 방황이다. 방황은 살아있다는 증거다. 방황은 자신의 한계를 극복하기 위한 몸부림이다. 방황은 바른길을 찾아가는 여정이며 노력하고 있다는 증거다. 길을 잃는다는 것은 곧 새로운 길을 알게 된다는 뜻이다."

방황을 미화하기는 조심스럽지만 괴테가 노년기에 쓴 성장소설 《빌헬름 마이스터의 편력시대》를 보면 진정한 자아실현을 위해서는 방황(편력)이 어느 정도 도움이 된다는 생각이 들기도 한다. 우리 인간은 미래를 신처럼 예상하거나 설계할 수 없기 때문에 끊임없이 방황할 수밖에 없다는 건 어느 정도 사실이다. 그렇다면 이런 한계를 받아들여 순응할 경우 그만큼 성숙해지고, 그럼으로써 극복의 길을 쉽게 찾을 수 있을 것이다.

우리가 방황하는 중요한 이유 중 하나는 자기가 하는 일, 혹은 지금까지 해온 일이 남의 눈에는 크고 멋지지만 스스로 만족하지 못하는 경우다. 파우스트가 단적인 예다. 최고의 학자로서 학문적 욕구를 성취했지만 그것이 자신의 행복한 삶과 동떨어졌다는 생각에 공허함을 느끼게 된 것이다.

삶의 의미는 누구에게나 다분히 주관적이다. 중장년 이후를 사는 사람들 중에 객관적 성취에도 불구하고 주관적 행복감을 느끼지 못한 나머지 무력감에 빠지는 경우를 흔하게 본다. 남과 지나치게 비교함으로써 스스로를 비하하는 사람도 유사한 성격의 방황을 겪는다.

방황을 극복하는 데 정답은 없다. 사람마다 원인과 필요한 해결책이 다 다르기 때문이다. 본인의 적극적인 자기 성찰이 무엇보다 중요하다. 주인의식을 갖고 스스로 조기에 극복하겠다는 의지를 다져야 한다. 목표를 갖고 노력하면 방황은 금방 극복될 수도 있다.《파우스트》속 천사들의 노래를 다시 한번 들어보자.

"언제나 지향하며 노력하는 이, 그를 우리가 구원할 수 있노라."

절망에서
희망을 찾는 법

만약 신독(愼獨)하여 하늘을 섬기고, 힘써 용서(恕恕)를 실천하여
인(仁)을 구하며, 또 항구하게 쉬지 않을 수 있으면
이것이 바로 성인이다.

— 다산 정약용 《심경밀험(心經密驗)》

　명문가(아버지 진주 목사 역임) 태생, 22세 진사과 합격, 28세 문
과 장원 급제, 30세 사헌부 지평, 33세 경기지역 암행어사, 34세
병조 참의, 35세 좌부승지, 38세 형조참의. 조선의 위대한 사상
가이자 경세가 다산 정약용(1762~1836)의 이력이다. 더없이 총
명한 데다 성정이 반듯해 진사과 합격으로 성균관에 들어가자마
자 개혁 군주 정조의 눈에 쏙 들었다. 39세 때 정조가 승하할 때
까지 그의 인생은 그야말로 탄탄대로였다.

인생사 새옹지마라 했던가. 정조의 갑작스런 죽음으로 다산 집안은 졸지에 폐족이 되고 말았다. 이듬해(1801년) 천주교 신자들을 대량 학살하는 신유박해 사건에 연루돼 기나긴 유배 생활에 들어갔다. 셋째 형 정약종은 처형을 당했고 둘째 형 정약전도 자신과 함께 유배길에 올랐으니 온 집안이 풍비박산이 난 것이다.

서울에서 800리, 전남 강진 읍내 허름한 주막집 뒷방에서 맞이한 귀양살이 첫날 밤 그의 심정은 과연 어뗘했을까. 마흔 인생에 사실상 처음 겪는 수난인 데다 서울에서 언제 사약이 내려올지 모르는 참담한 시절이었다. 이렇게 시작된 그의 유배 생활은 무려 18년 동안 계속된다. 그러나 다산은 쓰러지지 않았다. 무엇보다 마음을 다잡고자 했다. 틈만 나면 송나라 진덕수가 편찬한 《심경(心經)》을 손에 들었다. 사서삼경 등 유학의 여러 경전에 수록된 마음 수양법을 발췌하여 정리한 책이다. 다산은 단순히 몇 번 읽는 데 그치지 않고, 여러 학설을 인용하고 자신의 견해를 추가해《심경밀험》이란 책을 새로 편찬해냈다.

첫머리에 소개한 문장은《심경밀험》중 "성인이 되는 길은 배울 수 있다"라는 주자의 생각에 주석을 단 것이다. 신독과 용서를 지속적으로 실천하면 성인이 될 수 있다는 생각이다. 신독이란 홀로 있을 때에도 도리에 어긋나는 점이 없도록 몸가짐을 바르게 하고 언행을 삼가는 것을 말한다. 다산은 심경을 탐구하게 된 배경을 다음과 같이 설명했다. 심경밀험 서문에 나오는 글이다.

"나는 궁핍하게 일 없이 살면서 육경과 사서를 벌써 여러 해 동안 탐구하였는데 한 가지라도 얻은 것이 있으면 설명을 달고 기록하여 간직해 두었다. 이제 독실하게 실천할 방법을 찾아보니 오직 소학과 심경이 여러 경전 가운데 특출하게 빼어났다. 학문이 진실로 이 두 책에 침잠해서 힘써 행하되, 소학으로는 그 외면을 다스리고 심경으로 그 내면을 다스린다면 거의 현인이 되는 길을 얻게 될 것이다. (중략) 지금부터 죽는 날까지 마음을 다스리는 방법에 힘을 기울이고자 하여 경전을 궁구하는 사업을 《심경》으로 맺는다."

《심경》과 《심경밀험》에는 마음을 다스리는 방법들이 고스란히 들어있다. 전체 37편 가운데 맹자의 직접적인 가르침이 11편이나 된다는 게 특이하다. 실제로 맹자는 마음공부를 유달리 강조했었다.

"사람들은 닭이나 개를 잃어버리면 곧 찾을 줄 알지만 잃어버린 마음은 찾을 줄 모른다. 학문이란 다른 것이 아니라 잃어버린 마음을 찾는 데 있다."

《맹자》에 나오는 맹자의 말이다. 정곡을 찌른다는 느낌이 들지 않는가. 실제로 우리는 자기 마음을 잃어버리고는 찾지도 않은 채 살아가고 있다. 시도 때도 없이 시기 질투하고 괜히 화를 내고 남을 욕하거나 원망하고 과거를 후회하고 미래를 걱정하느라 마음 편할 날이 없다.

《심경밀험》에서 언급한 다산의 생각을 몇 구절 더 살펴보자.

"중(中)은 지극히 선한 것이고 용(庸)은 지속할 수 있는 것이다. 지극히 선하면서 오래 지속할 수 있으면 중용이다. 사람이 잠시 울고 후회하며 선을 지향하는데, 이때는 그 마음이 맑아서 성인될 기틀이지만 오직 오래도록 지속할 수 없기 때문에 항상 악한 사람이 되는 것이다."

"마음을 씻는 데는 방법이 있으니 (뉘우친다는 의미의) '회(悔)'자 하나에 지나지 않는다."

"자기가 갑자기 죄와 허물에 빠져 부끄럽고 후회하는 마음을 느낄 때 바로 점검을 해보면 재물이 아니면 여색 때문이다."

다산은 생사 전망이 불투명한 참담한 상황에서 격한 마음을 다스릴 수 있는 최선의 방법으로 학문과 저술을 택했다. 세속의 벼슬길에서 밀려났으니 공부에 정진하자는 생각이었다.

"어릴 때는 학문에 뜻을 두었으나 20년 동안 세속의 길에 빠져 다시 선왕의 훌륭한 정치가 있는 줄 알지 못했는데 이제야 여가를 얻게 되었다."

언제 풀려날지 기약조차 없는 유배 시기를 '여가'라고 표현했으니 그의 심적 평온을 느끼게 한다. 다산은 귀양살이 7년쯤 되었을 때 해남 윤씨들이 제공한 다산초당에 자리잡고 본격적인 저술 활동을 시작한다. 틈틈이 제자들을 가르치며 경전을 연구해 무려 500여 권의 책을 썼다.

다산은 아픈 마음을 잘 다스렸기에 육체적인 건강을 유지할 수 있었고 귀양살이가 끝난 후 한강변 고향에서 큰 병 앓지 않고 75세까지 살 수 있었다. 부인과 회혼례(결혼 60주년 잔치)까지 했으니 당시로는 꽤 장수한 편이다.

다산학이라 불리는 그의 학문적 업적은 조선의 흥망성쇠를 관통한다. 그가 비록 한반도 끝자락 시골에서 영어의 몸으로 18년을 보냈지만 결코 헛된 세월이 아니었다. 학문적 업적뿐만 아니라 고난과 역경을 거뜬히 헤쳐 나온 그의 웅혼한 정신은 후세 사람들에게 귀감이 되고도 남는다.

살다 보면 누구나 고난과 역경에 처할 수 있다. 눈 앞이 캄캄해지는 절망적 상황 말이다. 비교적 젊은 나이에 불치병에 걸리는 사람, 졸지에 직장에서 해고되는 사람, 사업체가 무너져 빚더미에 올라앉는 사람, 사랑하는 가족이 불의의 사고로 사망하는 경우를 흔하게 본다. 이럴 때 대부분 실의에 빠져 절망적인 시간을 보내게 된다. 세월이 약이라고 어느 정도 시간이 흘러야 일상을 회복한다. 문제는 세월이 흘러도 슬픔을 추스르지 못하는 사람이 간혹 있다. 역경과 곤궁은 호걸을 단련하는 도가니와 망치(채근담)라고 했지만 이런 사람에겐 아무런 위로도 되지 않는다.

고통의 늪에서 헤어나지 못하는 사람에게 보통은 종교 생활을 많이 권한다. 평소 종교 생활을 하는 사람에겐 당연히 기도와 명상이 큰 도움이 될 것이다. 주변의 권유와 도움을 받아 새로이 종교를 가져보는 것도 나쁘지 않다. 기독교나 불교 등 고등 종교는 인간의 '궁극적 관심'을 추구하는 교리를 갖고 있기에 당장의 고난 고통에 얽매이지 않고 멀리 앞날을 긍정적으로 바라보게 한다. 고통스러운 상황을 빨리 잊기 위해 무언가 일에 푹 빠지면 좋다. 고통스러운 상황을 해결하고자 쉬고 있다면 곧바로 일을 시작하라고 조언하는 이유다. 지인 한 사람은 남편을 잃고 슬픔을 달래고자 절을 찾았다가 절에서 일자리까지 얻어 마음의 평화를 찾았다.

다산이 유배 중 학문에 매진한 것도 같은 경우라 생각된다. 유배가 언제 풀릴지도 모르는 상황에서 매일같이 벼슬길을 상상한다고 생각해보라. 서울로부터 좋은 소식을 기다리는 하루하루가 고통이었을 것이다. 아마 다산은 좋은 벼슬 남들 할 만큼 이미 했고, 임금 사랑도 남 이상으로 받았으니 이제 마음 비우고 살자, 이렇게 작정하지 않았을까 싶다.

절망적인 상황을 극복하는 데 일기 쓰기가 은근히 도움이 된다. 평소 일기를 쓰는 사람이 더 익숙하겠지만 전혀 쓰지 않는 사람도 일기를 쓰다 보면 어느새 마음이 편안해 질 수 있다. 일기 쓰기는 자신과의 대화이기 때문이다. 일기를 통해 지나온 날들을 겸허한 자세로 반성해 볼 수 있고, 고통스러운 현재 상황을 솔직하게 평가해 볼 수도 있고, 다가올 미래를 희망으로 설계해 볼 수도 있다.

더 중요한 것은 하루빨리 스스로 희망을 발견하는 일이다. 절망적인 상황을 벗어나게 하는 최종적인 열쇠는 어차피 재기를 꿈꾸는 것이다.

"살아있는 동안에는 희망이 있다."
- 키케로

"희망은 삶 속에 존재하는 가장 위대한 힘이며 죽음을 물리칠 수 있는 유일한 무기다."
- 유진 오닐

03
인생에는 한계가 없다

나는 내 삶에 한계가 없다고 믿는다.
팔다리가 없으니 공식적으로는 장애인이지만
실제로는 똑같은 이유에서 '뭐든지 다 할 수 있는 사람'이다.
남들에겐 없는 독특한 문제를 가졌지만 그 덕분에
어려움을 겪는 이들에게 손을 내밀 수 있는
특별한 기회들도 활짝 열렸다.

– 닉 부이치치 《허그(Hug)》

크나큰 장애를 축복으로 바꾼 사람, 인생에 한계가 없음을 보여준 사람, 빛나는 영혼을 소유한 사람. 오스트레일리아 출신 목사이자 동기부여 연설가 닉 부이치치(1982~)를 두고 하는 말이다. 그는 사람이 가진 한계는 환상에 불과하다며 전 세계인들에게 용기와 희망을 전하고 있다. 어떤 상황에서도 좌절하거나 포기할 수 없다는 그의 라이프 스토리가 세계인들의 영혼에 파장을 불러일으키고 있다. 진정으로 성공하고 행복한 인생이다.

하지만 27세 때 쓴 책 《허그(Hug)》를 보면, 그의 성공과 행복은 보통 사람들이 상상조차 할 수 없는 장애를 반드시 극복하고야 말겠다는 강인한 의지의 결과임을 알 수 있다. 땀과 눈물, 그리고 긍정 마인드와 믿음이 없이는 불가능한 일이다.

그는 사지가 없이 태어났다. 짧막한 왼발에 조그마한 발가락 두 개가 달렸을 뿐, 사실상 머리와 몸통만 가졌다. 기독 신앙이 독실한 부모에게 각별한 용기를 얻긴 했지만 어린 시절의 절망과 좌절은 실로 끔찍한 것이었다. 괴물, 혹은 외계인 같다는 아이들의 놀림에 피눈물을 흘리지 않을 수 없었다.

"나는 땅을 치며 슬퍼했고 끝없이 우울했다. 늘 마음이 아팠고 항상 부정적인 생각에 짓눌렸다. 물론 주위에는 가족과 친구들이 들끓었지만 정작 나는 외로웠다. 사랑하는 이들에게 죽는 날까지 짐이 되지나 않을까 두려웠고 걱정스러웠다. 낙심천만이었다. 이리 보고 저리 봐도 출구를 찾을 수 없었다."

열 살 무렵에는 부정적인 생각이 감당할 수 없을 만큼 컸다. 기독 신앙으로 하느님에게 팔다리를 갖게 해달라고 간절히 기도했지만 응답을 받을 수 없었다. 창조주의 실패작, 어쩌다 태어난 괴물, 하느님이 버린 자식이라는 생각이 엄습했다.

"다른 애들처럼 냉장고를 열고 콜라를 꺼내 마실 수가 없었다. 혼자서 밥을 먹지 못하는 것도 나를 우울하게 했다. 밥 좀 떠먹여 달라고 부탁하는 것이 수치스럽고 끔찍했다. 나를 돕느라 밥 한 끼 편히 먹지 못하는 가족과 친구들을 보면 미안하고 서글펐다."

심한 우울증에 빠져 급기야 목욕탕에서 자살 시도를 하기에 이르렀다. 3번이나 계속되었다. 그에게 마음의 평화, 그리고 넘치는 용기를 준 사람은 아버지였다.

"얘야, 걱정하지 마라. 모든 일이 다 잘 풀릴 거야. 내가 항상 네 곁을 지키겠다고 약속할게."

부이치치는 고교 시절 어느 교회 모임에서 다른 학생들에게 자신의 고달픈 삶을 전하는 기회를 가지면서 뜻하지 않게 자신감을 충전하게 되었다. 아이들이 자기 이야기를 듣고 눈물로 감동하는 모습에 스스로 감동한 것이다.

"내가 시련을 슬기롭게 극복하는 모습을 다른 아이들에게 전해주자."

이후 그는 자기 삶에 한계가 있을 수 없다는 생각을 다지고 또 다졌다. 마음만 먹으면 장애 없는 사람들이 할 수 있는 모든 것을 해낼 수 있다는 자신감을 갖기로 했다. 당연히 피나는 노력이 필요했다. 신념을 끝끝내 포기하지 않았고, 결국 해냈다. 그는 오스트레일리아를 통틀어 정규 교과과정, 즉 주류에 편입되는 첫 번째 학생이 되었다. 대학에 진학해 회계학과 재무설계학을 복수로 전공하는가 하면 목사 안수까지 받았다. 그의 일거수일투족은 언론의 주목을 받기에 충분했다.

부이치치는 못 하는 게 없다. 수영, 축구, 드럼 연주, 골프, 낚시, 컴퓨터, 스케이트보드, 서핑, 스카이다이빙 등 하고 싶은 것은 뭐든지 다 할 수 있다. 하와이 해변에서 거대한 바다거북과 함께 수영을 하고, 캘리포니아 바닷가에서 파도를 타며, 콜롬비아에서 스쿠버다이빙을 즐기는 사나이다. 인생에 한계가 없다는 진리를 몸소 보여준 셈이다. 그는 미국에서 결혼을 했고, 현재 아이 넷을 키우고 있다. 어린 시절, 남들처럼 여자 친구를 제대로 사귈 수 있을지, 과연 결혼을 할 수 있을지 걱정했지만 거뜬히 해냈다. 일본계 멕시코인 카나에 미야하라를 만나 사랑을 키우다 결혼에 성공한 것이다. 나라와 언어, 문화의 장벽을 뛰어넘은 결합이다.

부이치치는 현재 '사지 없는 인생(Life without limbs)'과 '태도가 곧 지위(AIA, Attitude is altitude)' 대표를 맡아 전 세계를 누비며 희망 메시지를 전하고 있다. 평생 남에게 도움받으며 살 것 같았던 사람이 어느덧 수많은 사람들에게 도움을 주는 사람으로 변신했다.

부이치치를 떠올리면 세상에 불가능한 일이란 결코 있을 수 없다. 그에겐 어떠한 장애도 더 이상 장애가 아니다. 몸이 약하다고, 머리가 나쁘다고, 학비가 부족하다고 주저앉을 수는 없다. 안이하기 짝이 없는 생각이다. '내 사전에 불가능은 없다'라고 한 정복왕의 호언장담은 누구나 할 수 있고, 또 해야 한다. 이 지점에서 부이치치는 자기 자신을 사랑하는 것이 무엇보다 중요하다고 말한다.

"우리가 팔다리 없이 살려면, 또는 우울증과 약물중독, 알코올중독, 또는 이런저런 심각한 어려움을 딛고 살아남으려면 우리 자신의 내면에 불을 지펴야 한다. 자신이 소중한 존재이며, 고유한 가치와 아름다움을 가졌음을 믿는 것이다. 우리는 모두 행복을 누릴 만한 가치가 있는 존재들이다. 사람이 살아가면서 가장 중요한 것은 자신의 가치를 깨닫는 것이다. 혹시 죄책감에 시달리고 있는가? 괜찮다. 실망한다는 건 지금보다 더 나은 삶을 기대한다는 뜻이므로 문제될 것이 없다."

그는 열정과 비전, 그리고 희망을 품어 안으라고 조언한다. 책 제목으로 《허그》를 선택한 이유다. 사지가 없을 경우 누군가의 몸을 허그할 수는 없지만, 장애와 시련을 극복하기 위한 열정과 희망은 얼마든지 허그할 수 있다는 역설 표현이다. 자기 약점에 절망하지 말고, 자신만의 강점을 적절히 살려 나가면 반드시 돌파구가 마련된다는 확신을 가지라고 조언한다. 그의 말을 들으면 힘이 절로 솟는다.

"부족한 부분에 초점을 맞추면 절대 성공적인 삶을 살 수 없다. 그러지 말고 무엇이든 꿈꾸는 대로 이뤄진다고 믿고 길을 열

PART 5

어가라. 차질이 생기거나 비극적인 상황에 부딪친다 해도 모든 일에는 선한 뜻이 숨어 있음을 믿어라. 비극적인 사건이 커다란 기쁨으로 변할 수도 있다."

그렇다. 장애를 극복한 사람들은 모두 이런 긍정적인 마음가짐을 갖고 살았다. 헬렌 켈러는 태어난 지 채 두 돌도 되기 전에 열병을 앓아 시력과 청력을 한꺼번에 잃어버렸다. 그러나 피나는 노력으로 훌륭한 작가, 사회 운동가로 성장했다. 스티븐 호킹은 대학 시절 불치병인 루게릭병을 얻었지만 절망하지 않고 노력한 덕에 위대한 천체물리학자로 살았다.

누구나 긍정 마인드라야 희망과 자신감이 생긴다. 사람이 하는 일은 마음먹는 대로 된다. 자신이 할 수 있다고 마음먹으면 되고, 할 수 없다고 생각하면 안 된다. 긍정적인 생각은 우리 영혼을 살찌우지만 부정적인 생각은 영혼을 병들게 한다. 무슨 일을 하든 눈앞의 장애물을 볼 것이 아니라 점령해야 할 저 멀리 고지를 쳐다보고 나아가야 한다. 부이치치야말로 그렇게 행동한 대표적인 사람이다.

그는 자신의 장애 극복 경험을 전하는 희망 전도사이기도 하지만 신체적, 경제적 어려움 등으로 실의에 빠진 사람들의 손을 잡아주는 행복 전도사이기도 하다. 그에게 행복이란 특별하고 큰 것이 아니다. 물질만으로는 결코 행복할 수 없다고 말한다. 세계 곳곳에서 보고 듣고 느낀 경험에서 우러나온 결론이다.

"삶은 소유가 아닌 존재의 문제다. 아무리 많은 돈을 가졌다 하더라도 인간적으로는 상당히 비참한 삶을 살 수도 있다. 온전한 몸을 가지고도 내 절반만큼도 행복하지 못할 수도 있다. 세계를 돌아다니며 깨달은 놀라운 사실은 넓은 땅에 으리으리한 집을 짓고 사는 부자 동네에서보다 뭄바이 슬럼가나 아프리카 고아원에서 행복하게, 즐겁게 사는 사람들을 더 자주 만난다는 사실이다."

비록 사지 없이 태어났지만 젊은 나이에 성공과 사랑, 행복, 그리고 품격까지 거머쥔 부이치치는 세계인들에게 무한한 희망과 용기를 준다. 팔다리가 없기에 절망도 없다고 웃으면서 말하는 그의 당찬 자신감과 긍정 마인드에 새삼 머리가 숙여진다. 그의 선한 웃음이 부럽다.

죽음 앞에서도
면도를 하라

나는 살아있는 인간 실험실이자 시험장이었던 강제 수용소에서
어떤 사람들이 성자처럼 행동할 때 또 다른 사람들은 돼지처럼
행동하는 것을 보았다. 사람은 내면에 두 개의 잠재력을
모두 가지고 있는데, 그중 어떤 것을 취하느냐 하는 문제는
전적으로 본인 의지에 달려 있다.

– 빅터 프랭클 《죽음의 수용소에서》

제2차 세계대전 종전 직전이던 1945년 나치 강제 수용소에서
있었던 일이다. 그해 2월, 꽤 유명한 유대인 작곡가이던 수감자
F 씨는 꿈을 꾸었다. 어떤 예언자가 나타나 소원을 말해보라고
하길래, 자신의 고통과 공포가 사라질 날이 궁금하다며 전쟁이
언제 끝날지 물었다. 예언자는 3월 30일이라고 답했단다. F 씨는

희망에 찬 나날을 보냈으나 3월의 전황은 전혀 희망적이지 않았다. 3월 29일 그는 갑자기 아프기 시작했고, 열이 크게 올라 의식을 잃었으며, 31일 죽고 말았다. 독일은 5월에 패망했다.

저명한 심리학자이자 정신과 의사인 빅터 프랭클(1905~1997)이 저서《죽음의 수용소에서》에 소개한 사연이다. 프랭클은 F 씨에게서 꿈 이야기를 직접 들었으며, 죽어가는 모습을 의사의 눈으로 지켜봤다. 인간의 정신 상태가 육체의 면역력과 밀접한 관계가 있음을 말해주는 단적인 예다.

《죽음의 수용소에서》는 프랭클 자신이 아우슈비츠 등 네 곳의 강제 수용소에서 3년간 직접 경험한 사실을 토대로 저술한 인간 심리 보고서다. 죽음의 위협에 직면한 사람들이 구체적으로 어떻게 생각하고 행동하는지, 또 그것이 자신들의 건강에 어떤 영향을 미치는지 세밀하게 관찰한 정신의학 리포트다. 프랭클은 이 한 권의 책으로 세계적인 명성을 얻었다. 강제 수용소 체험과 후속 연구를 토대로 '로고테라피'라는 새로운 심리치료 기법을 창시한 덕분이다. 로고테라피란, 자기 삶의 가치와 의미를 깨닫고 목표를 설정하도록 돕는 실존적 심리치료 기법으로, 흔히 '의미 치료'라 번역된다.

프랭클은 오스트리아 빈에서 태어났으며, 빈 의과대학에서 신경과와 정신과 수련을 받은 뒤 우울증 및 자살 연구에 매진했다. 그러나 유대인이라는 이유로 가족들과 함께 나치 강제 수용소로

이송돼 죽을 고비를 수없이 넘겨야 했다. 독일 패망으로 자신은 용케 살아났으나 부모와 아내, 동생은 죽음을 면치 못했다. 그는 수용소에서 사람이 '왜 살아야 하는지' 삶의 의미를 알면 최악의 상황에서도 버틸 수 있지만 그것을 놓칠 경우 곧바로 무너진다는 사실을 확인했다. 《죽음의 수용소에서》에 그런 사례들이 구체적으로 기록되어 있다.

그가 마지막에 있었던 수용소의 경우 1944년 성탄절부터 새해 초까지의 사망률이 이전보다 확연히 높았다. 이 기간에 사망률이 높았던 것은 보다 가혹해진 노동조건, 식량사정 악화, 새로운 전염병 때문이 아닌 것으로 분석됐다. 수감자들이 성탄절에는 집에 갈 수 있을 것이라는 막연한 희망을 품었다가 실의에 빠진 나머지 육체적 저항력이 크게 떨어졌기 때문으로 파악됐다.

당시 프랭클 자신은 인간 이하의 취급을 받고, 죽음의 그림자가 드리워진 수용소에서도 인간으로서 최소한의 존엄을 지키고자 부단히 노력했다. 하루 한 컵의 물이 배급되면 반 컵만 마시고 나머지로 세수와 면도를 했다. 깨진 유리 조각으로 면도를 해야 하는 최악의 조건이지만 하루도 거르지 않았다. 그 덕분에 비교적 건강해 보일 수 있어 가스실로 잡혀가는 것을 면할 수 있었다고 한다. 그는 수감 중 헤어진 아내의 생사를 전혀 알 수 없는 상황에서 사랑의 진정한 의미를 깨달았다고 했다. 아내와의 사랑을 확인하기 위해서라도 살아남아야겠다는 각오를 다졌단다.

"생애 처음으로 나는 그렇게 많은 시인들이 시를 통해 노래하고, 그렇게 많은 사상가들이 최고의 지혜라고 외쳤던 하나의 진리를 깨달았다. 그 진리란 사랑이야말로 인간이 추구해야 할 궁극적이고 가장 숭고한 목표라는 것이었다. 나는 인간의 시와 사상과 믿음이 설파하는 숭고한 비밀의 의미를 간파했다. 나는 또다시 아내와 침묵의 대화를 나누고 있었다. 어쩌면 당시 나는 내 고통에 대한, 그리고 내가 서서히 죽어가야 하는 상황에 대한 정당한 이유를 찾으려 애쓰고 있었는지도 모른다. 나는 내 영혼이 사방을 뒤덮은 음울한 빛을 뚫고 나오는 것을 느꼈다. 나는 그것이 절망적이고 의미 없는 세계를 뛰어넘는 것을 느꼈다. '삶에 궁극적인 목적이 있는가'라는 나의 질문에 어디선가 '그렇다'라고 하는 활기찬 대답을 들었다."

죽음을 목전에 둔 상황에서도 프랭클은 삶의 의미를 생각했다고 한다. 수용 중 발진티푸스 환자 수용소에 자원봉사자로 일하러 갈 의사를 물어왔을 때, 그곳에 가는 것이 죽음을 더 앞당긴다는 사실을 뻔히 알면서도 선뜻 받아들인 이유가 그것이란다.

"만약 내가 죽어야 한다면 나는 내 죽음에 어떤 의미를 부여하고 싶었다. 의사로서 동료들을 돕다가 죽는 것이 그전처럼 비생산적인 일을 하는 노동자로 무기력하게 살다가 죽는 것보다 확실히 의미 있는 일이라고 생각했다."

죽어가는 수감자들을 관찰한 프랭클은 심리학자로서, 정신과 의사로서 그들의 심리 상황을 이렇게 진단했다.

"그 자신의 미래에 대한 믿음을 잃어버리면 수감자는 불운한 사람이다. 미래에 대한 믿음을 잃어버리는 것과 더불어 그는 정신력도 상실하게 된다. 그는 자기 자신을 퇴화시키고 정신적으로나 육체적으로 퇴락의 길을 걷는다. 일반적으로 이런 현상은 아주 갑자기 위기라는 형태를 띠고 일어난다."

저서에서 프랭클은 철학자 프리드리히 니체가 한 말을 여러 차례 인용한다. "왜 살아야 하는지 아는 사람은 그 어떤 상황도 견뎌낼 수 있다." 니체는 이런 말도 남겼단다. "나를 죽이지 못한 것은 나를 더욱 강하게 만들 것이다."

프랭클은 수용소에서 풀려나 고향에 돌아왔으나 가족은 여동생만 빼고 모두 죽은 것으로 확인되었다. 우울증과 자살 심리를 치료하던 자신이 심한 우울증에 빠지고 말았다. 정신을 되찾은 프랭클은 수용소 시절을 되돌아보며 원고를 쓰기 시작했다. 불과 9일 만에 완성한 독일어판 책의 제목은 《그럼에도 불구하고 삶은 살 만하다고 말할 수 있다. 한 심리학자의 강제 수용소 체험에서》였다. 책을 내고 나서 폴리클리닉 병원의 신경과 과장으로 취임했는데, 그곳에서 한 여성을 만나 재혼했다. 그러고는 로고테라피 이론을 정립하고, 미국 등 전 세계를 무대로 강연을 하며 이를 전파했다. 현대 심리학과 정신의학에서 각광받고 있는 로고테라피는 환자의 미래에 초점을 맞춘다. 언젠가 환자가 이뤄내야 할 목표가 갖는 의미를 찾도록 도와주는 것이 무엇보다 중요하다는 것이다.

"사람들은 자기가 진정으로 원하는 것이 무엇인지 모르는 경우가 많다. 그래서 순응주의자가 되거나 전체주의자가 된다."

"전통이 점점 쇠퇴해가는 요즘 같은 시대에 정신의학의 주된 과제는 인간에게 의미를 발견할 수 있는 능력을 갖추도록 해주는 것이다."

"나는 전통의 붕괴에도 불구하고 삶은 각각의 사람에게 모두 의미 있는 것이며, 더 나아가 말 그대로 숨을 거두는 순간까지 그 의미를 갖고 있다는 믿음이 전달되기를 바란다."

그렇다. 당면한 상황이 똑같은데도 어떤 사람은 절망에 빠지지만 어떤 사람은 희망을 찾는다. 어떤 사람은 어두운 죽음을 택하지만 어떤 사람은 활기찬 생명을 선택한다. 그런데 그 선택의 방향과 내용은 전적으로 본인 몫이다.

인생에서 의미 없고 하찮게 보이는 일이라도, 또 고통이 아무리 크더라도 나름대로 삶의 의미를 찾아낸다면 얼마든지 그것을 극복할 수 있다. 프랭클은 수용소 생활 중 잃어버린 출간용 원고 뭉치를 복원하는 것이 살아남는 의미였다고 회고한 적이 있다. 여기서 중요한 것은 책임감이라 생각된다. 삶의 의미를 찾아내는 주체는 결국 자기 자신이기 때문이다. 각자가 스스로 삶의 의미를 찾아 나서야 한다. 프랭클은 90세 때 쓴 자서전에서 이런 말을 남겼다.

"삶의 의미를 물어서는 안 된다. 나에게 발견되어 실현되길 기다리고 있는 '내 삶의 의미'를 적극적으로 찾아야 한다. 삶이 나에게 하는 질문에 답해야 한다. 우리 존재를 스스로 책임질 때 삶이 나에게 던지는 질문에 답할 수 있다."

화내며 살기엔
인생이 너무 짧다

화가 당신을 버리는 것보다 당신이 먼저 화를 버려라.
그 동안 다른 사람들을 괴롭히고 우리 자신도 괴롭히는
고통을 안겨준 화. 우리는 좋지도 않은 그 일에 귀한 인생을
얼마나 낭비하고 있는가. 화를 내며 보내기에는
우리 인생이 얼마나 짧은가.

– 세네카《화에 대하여》

아리스토텔레스는 위대한 철학자 중 유일하게 화(분노)를 옹
호했던 사람이다. 자신의 화를 완전히 제거해 버리면 마음이 무
방비 상태가 되고 너무 무기력하고 나태해져 큰 일을 도모할 수
없게 된다고 했다.

"마땅히 화를 내야 하는 대상에 대해 화를 내지 않는 이들은

어리석은 자들이며, 올바른 태도로 올바른 시점에 올바른 시간 동안 올바른 사람에게 화를 내지 않는 자들 또한 마찬가지이다."

정복왕 알렉산드로스의 가정교사 출신이어서일까. 그는 전쟁에서의 효용을 근거로 화를 미화하기도 했다.

"화는 필요하다. 화가 없으면 어떤 전쟁에서도 승리할 수 없다. 승리를 위해서는 화가 마음을 채우고 정신에 불을 붙여야 한다. 다만 화를 지휘관으로 삼지 말고 보병으로 이용해야 한다."

그가 살다간 지 약 400년 후 로마 철학자 세네카(BC 4?-AD 65)는 아리스토텔레스의 주장을 정면으로 반박했다. 화를 잘 내는 동생의 부탁을 받고 쓴 《화에 대하여》란 책에서 그는 "어떤 이유로도 화를 내지 마라. 화는 자기 자신을 파괴시킨다"라고 했다. 예수 그리스도가 십자가형을 받은 직후인 AD 40년 전후에 나온 저서다.

세네카는 철학자이자 시인이며 심리학자다. 《화에 대하여》는 철학책이라기보다 심리학책에 가깝다. 화라는 게 도대체 무엇이며, 사람이 왜 화를 내는지, 인생에서 화가 과연 필요한 것인지, 화의 해악이 어느 정도인지, 어떻게 하면 화를 억제하고 다스릴 수 있는지를 심층적으로 기술했다. 무려 2000년 전에 쓰인 고전인데도 이 시대 독자들에게 신선한 영감을 준다. 그는 화를 다른 어떤 감정보다 특별히 더 비천하고 광포한 악덕이자 일시적인 '광기'라고 정의한다. 특유의 비교법을 동원해 화의 해악을 묘사했다. 화내는 사람의 심리에 대한 통찰이 탁월하다.

"인간은 서로에게 도움을 주고받기 위해 태어나고 화는 서로를 파괴하기 위해 태어난다. 인간은 화합을 원하고 화는 분리를 원한다. 인간은 이익이 되기를 원하고 화는 해가 되기를 원한다. 인간은 낯선 사람에게까지 도움을 주고자 하고 화는 가장 가깝고 소중한 사람에게까지 공격을 퍼부으려 한다. 인간은 타인의 이익을 위해 기꺼이 자신을 희생시키고 화는 상대방을 끌고 들어갈 수만 있다면 기꺼이 자신마저도 위험에 빠뜨린다."

"화가 사치보다 더 나쁜 이유는 사치는 자신만의 쾌락을 좇지만 화는 남의 고통을 즐기기 때문이다. 화는 악의와 시기심을 능가한다. 악의와 시기심은 그저 다른 사람들이 불행해지기를 바라고 그들에게 불운이 닥쳤을 때 기뻐한다. 하지만 화는 자신이 증오하는 사람에게 불운이 찾아와서 피해 입혀주기를 기다리지 않는다. 화는 자신이 직접 그들을 해하고자 한다."

세네카는 화란 분별없음의 표현이고 바람처럼 공허한 것이라며 화가 날 때 자신의 모습을 거울에 비추어 보라고 권한다. 거울 속 추한 모습을 보면 스스로 충격을 받아 화낼 마음이 사라질 수도 있다는 생각에서다.

"어금니를 날카롭게 가는 멧돼지를 흉내 내기라도 하듯 이를 부득부득 가는 소리, 비틀린 손의 관절에서 나는 우두둑 소리, 몇 번이고 두들겨대는 가슴팍, 헐떡이는 숨소리, 폐부에서 나오는

절규, 현기증, 느닷없이 지르는 뜻 모를 고함, 앙다물었다가 이제
는 부르르 떨리는 입술에서 나오는 혐오스러운 식식거림….”

세네카는 화에 대한 최고의 치유책은 ‘유예’라고 말한다.

“잠시 기다리는 동안 기세는 누그러지고 마음을 뒤덮었던 어
둠은 걷히거나 최소한 더 짙어지지 않게 된다. 하루, 아니 한 시
간도 안 되어 너를 앞뒤 가리지 않고 뛰어들게 만든 것들이 어느
정도 진정될 것이고 어떤 것들은 완전히 사라질 것이다. 설사 화
를 유예시킴으로써 네가 얻는 것이 아무것도 없을지라도 적어도
그것은 이제 화의 모양새가 아니라 심판의 형태를 취할 수 있게
된다.”

세네카는 아리스토텔레스와 달리 소크라테스와 플라톤은 화
의 유예를 실천했다며 그 사례를 자기 책에 소개하고 있다. 소크
라테스는 잘못을 저지른 노예에게 이렇게 말했단다.

“내가 지금 화가 나기 때문에 너를 매질하는 것을 나중으로 미
루겠다.”

그는 노예 야단치는 일을 화가 가라앉고 이성을 되찾은 뒤로
미루었는데 막상 그때가 되면 외려 자신을 돌이켜보고 책망했다
고 세네카는 전했다. 플라톤은 노예에게 화가 나 직접 채찍질을
하려고 손을 치켜드는 순간 자신이 화를 내고 있다는 사실을 깨
달았다. 팔을 공중에 쳐든 채로 어정쩡하게 서 있을 때 한 친구
가 이 광경을 보고 뭣 하는 거냐고 물었다. 플라톤은 이렇게 대

답했단다.

"화를 내고 있는 한 사내를 벌주고 있는 거라네."

플라톤은 이런 말로 반성했다고 한다.

"나는 화가 났다. 그러니 필요 이상으로 심하게, 즐거이 남을 벌주고자 할 것이다. 그런데 자기 자신조차 다스리지 못하는 사람에게 노예를 다스리게 해서는 안 된다."

세네카가 화에 대해 주관을 갖고 이렇듯 당당하게 책까지 쓴 데는 자신의 젊은 시절 아픈 경험이 반영되지 않았을까 싶다. 지금의 스페인 땅에서 태어난 그는 어린 시절 아버지를 따라 로마로 이주해 좋은 교육을 받았으나 곧바로 정치에 뛰어들 수가 없었다.

20대에 폐결핵과 천식, 우울증으로 고생한 탓에 한참 늦은 34세에 겨우 로마 재무관으로 정계에 입문했다. 하지만 메살리나 여제 음모에 연루되어 당시 로마제국에서 가장 오지였던 코르시카 섬으로 쫓겨나 8년 동안 유배 생활을 해야 했다. 《화에 대하여》는 이 시절에 저술한 책이다. 동생 부탁으로 썼다지만 어쩌면 자기 자신의 화를 다스릴 목적으로 썼는지도 모른다.

화는 사람의 영혼을 갉아먹는다. 상대방을 아프게 하고 자기 자신도 아프게 한다. 양쪽 모두 아프게 하는 짓을 왜 하며 살아야 하는 걸까. 인간 본성이기 때문일까. 우리가 일상에서 수없이 경험하는 일이지만 화가 나는 것과 화를 내는 것은 전혀 다르다.

좋지 않은 일이 생겼을 때 화가 나는 것은 어쩔 수 없다. 하지만 화를 내고 안 내고는 선택의 문제다. 화가 날 때 화를 내서 곧바로 풀어야 정신 건강에 좋다고 말하는 사람도 더러 있긴 하다.

하지만 대부분의 사람은 남에게 화를 내면 기분이 좋아지지 않는다. 관계가 악화될 가능성 때문에 오히려 걱정하거나 마음 아픈 경우가 더 많다. 수많은 위인이 한목소리로 화를 내지 말라고 조언하는 이유 아닐까 싶다. 화내는 본인에게 반드시 손해가 되며, 어쩌면 상대방보다 더 큰 손해가 된다고 말한다.

"1분 동안 화를 낼 때마다 당신은 60초 동안의 행복을 잃는다."
- 랄프 왈도 에머슨

"내가 옳다면 화낼 필요가 없고 내가 틀렸다면 화낼 자격이 없다."
- 마하트마 간디

"다른 사람을 비난하지 마라. 비난이란 집비둘기와 같다. 집비둘기는 반드시 집으로 돌아온다."
- 데일 카네기

"화내는 사람은 언제나 손해를 본다. 화내는 사람은 자기를 죽이고 남을 죽이며 아무도 가까이 오지 않아 늘 외롭고 쓸쓸하다."
- 김수환

이런 생각을 하면서도 갑자기 화가 난다면 어찌할 것인가. 화에 대한 최고의 치유책이 '유예'라는 세네카의 말에 나는 전적으로 동의한다. 화가 치밀 때 일단 화내는 것을 늦추거나 미루는 것은 무조건 좋다. 급한 불부터 끄는 게 상책 아닌가.

중요한 것은 그다음이다. 내면 깊숙이 평정심을 가져야 한다. 화가 나면 마음속으로 열까지, 아니 백까지 천천히 세어보는 것은 어떨까. 심호흡을 하며 잠시라도 눈 감고 명상을 해보면 어떨까. 종교가 있는 사람이라면 간절한 마음으로 평화를 바라는 기도를 해보면 또 어떨까.

"부디 저 사람을 용서할 수 있는 너그러움 주소서. 화를 참을 수 있는 마음의 여유를 주소서."

소크라테스의 경우 화가 나면 말수가 적어지고 목소리가 낮아졌다고 한다. 평정심을 되찾을 수 있는 정신 수양의 결과라 하겠다.

06
'최초의 현대인'에게
마음을 묻다

나는 마음에 울려오는 그대로 들었노라.
의심할 여지가 조금도 없었노라. 차라리 내가 살고 있음을
의심할지언정 진리가 아니었다고는 의심할 수 없으리라.
창조된 모든 것을 통해 지성 앞에 보이는 그 진리를.

– 아우구스티누스 《고백록》

아우구스티누스(354~430)는 로마제국 말기에 살았던 기독교 철학자다. 중세를 거쳐 근현대 철학에 큰 영향을 끼친 위대한 사상가다. 중세 학자들에게는 최고의 스승으로 불렸다. 영국 신학자 헨리 채드윅은 "고대인들 중에서 아우구스티누스만큼 인간의 감정을 반추해 보는 능력이 뛰어난 사람이 없었다"라고 평했다. 채드윅은 그를 '최초의 현대인'이라고 이름 붙였다. 현대인들

마음에 평화가 깃들게 하려면   179

이 관심을 갖는 인간의 감정, 교육, 행복 추구 등을 그 당시에 이미 학문적으로 완벽하게 체계화했기 때문이란다.

그가 남긴 걸작 《고백록》, 《신국론》, 《삼위일체론》 등은 후세 사람들에게 엄청난 영감을 불러일으켰다. 특히 46세 때 쓴 《고백록》은 자신의 죄를 솔직 담백하게, 아주 구체적으로 털어놓고 신에게 나아가는 과정을 그린 책이다. 글솜씨가 대단해 지금 읽어도 문장이 얼마나 아름답게 느껴지는지 모른다.

첫머리에 소개한 글은 아우구스티누스가 정신적으로 오랫동안 방황하다 결국 어머니에게서 물려받은 기독교 신앙을 마음속 깊이 영접하는 장면을 묘사한 것이다. 그는 존경받는 주교, 위대한 사상가로 살다 갔지만 소년기와 청년기는 스스로 고백했듯이 '죄지음의 방황기'였다. 우리네 보통 사람들처럼 사소한 욕망에 사로잡히고 크고 작은 악행을 저지르는 사람이었다. 몇 가지만 소개해 본다. 처음 학교에 들어갔을 때 교육 방침을 따르지 않는 문제아로 찍혀 허구한 날 매를 맞고 다녔다. 동네에서는 골목대장 노릇을 하며 사고를 쳐 부모가 친구들과 떼어놓으려고 다른 지방으로 학교를 옮겨야 했다.

16살 때는 불량 친구들과 어울려 배 도둑질을 했다. 그냥 몇 개 따먹는 게 아니라 한 짐을 훔치고 나왔다. 더 큰 문제는 보통의 서리처럼 먹거나 팔기 위해서가 아니라 단순히 악행을 저지르고 싶어서 훔쳤다는 사실이다. 《고백록》에서 그는 "도둑질 자체, 그 죄악이 좋아서였다"라고 말했다. 유학 시절에는 육체적 욕정에 깊이 빠져들었으며 결국 신분이 낮은 여인과의 사이에서 아들을 낳기도 했다. 그의 가장 큰 방황은 그 당시 치명적 이단으로 간주되던 마니교에 깊숙이 빠졌다는 점이다. 무려 9년 동안 헤어나지 못해 어머니가 슬픔 속에 지내야 했다. 그가 제자리로 돌아오는 과정은 꽤나 길었다. 《고백록》에서 그가 밝힌 괴로운 심경을 몇 대목만 소개해본다.

"나는 이미 값진 진주를 발견하고 가진 바 모든 것을 팔아서 이를 사들여야 했건만 아직도 망설이고 있던 것이었습니다."

"이렇듯 옛 마음과 새 마음, 육체적 정신적 2가지 의지가 내 안에서 저희끼리 싸움질을 하고 서로 대립하여 내 영혼을 찢어놓고 있었습니다."

"도대체 이게 뭐냐? 무식꾼들이 불쑥 일어나서 하늘을 쟁취하는데, 그래 우린 학식을 가지고도 마음 하나가 없어서 이렇게 피와 살 속에 뒹굴고 있구나! 앞서 간 자들을 따라가기가 부끄러워서냐? 따라라도 안 간 것이 부끄럽지 않단 말이냐?"

오랜 방황 끝에 그는 회심했다. 그의 기쁜 고백이다.

"당신 교회에서 아름답게 울려 나오는 송가와 찬미가에 몹시 감격하여 나는 얼마나 울었는지 모릅니다. 그 소리와 소리는 내 귀에 스며들고, 진리는 내 마음 안 속속들이 배어 경건의 정이 타오르며, 눈물이 쏟아져 흐르며, 이와 더불어 나는 행복했던 것입니다.”

그렇다. 아우구스티누스에게 종교는 분명 행복이었다. 회심을 계기로 학문에 정진해 불세출의 명작을 저술하는가 하면 유럽 문화의 중심축인 기독교계에 크나큰 족적을 남겼다. 76세까지 살며 복락을 누렸다.

세상에는 종교를 가진 사람도 있고 갖지 않은 사람도 있다. 가진 이유가 여럿이듯 갖지 않은 이유도 여럿일 것이기에 서로 잘 났다고 우길 일은 아니다. 나름 세상을 바라보는 인식의 문제이자 살아가는 철학의 문제이기에 당연히 서로 존중해야 한다. 하지만 세상에 종교가 있는 사람이 없는 사람보다 훨씬 많다는 사실은 시사하는 바 작지 않다. 세계인의 대략적인 종교 분포를 살펴보면 기독교 23억 명(천주교 13억 명, 개신교 10억 명), 이슬람교 18억 명, 힌두교 11억 명, 불교 5억 명 정도다. 종교가 없는 사람은 12억 명가량 된다. 종교를 가진 사람이 무려 83%에 달한다. 종교에 따라 믿음이 희미한 사람도 적지 않겠지만 어쨌든 종교가 아예 없는 사람은 17%에 불과하다. 세계인의 대다수는 종교, 즉 믿음을 가지면 마음의 안식을 얻어 행복을 키우거나 유지하는 데 조금이라도 도움이 될 것이라고 생각하며 산다는 뜻이다.

누구나 행복해지려면 기본적으로 마음이 편안해야 한다. 불편한 마음을 조장하거나 표현하는 단어를 떠올려 보자. 실패, 실수, 질병, 장애, 가난, 도박, 이별, 고난, 방황, 슬픔, 걱정, 시기, 질투,

화, 후회, 자살 충동, 두려움 등이다. 나는 현실에서의 이런 고통스런 상태 혹은 고달픈 심리 상태를 가장 손쉽게 위로, 격려해줄 수 있는 수단이 종교 아닐까 하는 생각을 오래전부터 갖고 있다. 종교는 정신적 구속으로 힘들어하는 사람들에게 어느 정도 자유를 제공해 준다. 사람은 정신적으로 자유로울 때 비로소 행복해진다고 보면 종교 생활이야말로 행복의 지름길 아닐까 싶다. 따지고 보면 종교의 종류는 그다지 중요하지 않다. 모든 종교는 구원이나 깨달음 같은 궁극적 관심을 유발하고 추구한다.

유일 신앙인 유대교, 기독교, 이슬람교를 보자. 이 세 종교는 같은 뿌리에서 갈라져 나왔다. 그들이 믿는 신은 이름만 각기 야훼, 갓, 알라로 달리 부를 뿐 똑같은 존재다. 기독교 안에서 신앙생활의 강조점 차이로 갈라진 천주교, 개신교, 정교는 사실상 같은 종교나 마찬가지다. 동양 종교인 힌두교와 불교는 또 어떤가. 가르침이 크게 다르지 않다. 특히 불교 신자는 자신의 깊은 깨달음이나 해탈을 통해 영생불멸을 보장받고자 한다. 신의 개념이 없어도 훌륭한 종교로 인정받는 이유다.

이렇게 보면 서양 유일 신앙과 동양 종교를 군이 대립적으로 생각할 필요도 없다. 인간의 궁극적 관심에 대해 거의 유사한 해답을 내놓고 있기 때문이다. 방법이나 수단이 다를 뿐 궁극적 관심에 접근하는 최종 목표, 즉 종착지는 거의 같다고 볼 수 있다. 20세기 이후 서양 종교가 동양에, 동양 종교가 서양에 제법 빠른 속도로 파급되고 있음은 이런 연유가 아닐까 싶다. 특히 불교의 명상 기도법이 서유럽과 미국에 널리 보급되고 있음은 눈여겨볼 일이다.

　종교 지도자들이 들으면 눈살 찌푸릴 수도 있겠지만 이 세상 종교가 결국 하나일 수도 있다는 의견에 나는 비교적 동의한다. 종교 연구가 홍익희가 저서《문명으로 읽는 종교 이야기》에서 서술한 내용이다.

　"사실 각 종교가 원하는 세상의 모습은 같다. 이들 경전의 공통된 키워드를 모아보면 정의, 평등, 사랑, 자비, 돌봄, 경외, 겸손 등으로 집약된다. 이는 다른 이를 긍휼히 여기는 마음이다. 이는 공감 능력의 확대로 이어지며 자아와 객체의 합일로 나타난다. 동서양의 종교가 바라보는 지향점은 같은 것이다. 이런 의미에서 모든 종교는 사실 하나이다."

　상당히 설득력 있게 들리지 않는가. '종교란 무엇인가, 종교가 왜 존재하는가, 종교는 어떠해야 하는가, 종교를 꼭 가져야 하는가, 어떤 종교를 가져야 하는가, 다른 종교와의 관계를 어떻게 설정해야 하는가'에 대한 답변이 한꺼번에 이뤄질 수 있다는 느낌이 든다.

　개인 차원의 고민과 처신을 넘어 사회 공동체의 사랑과 안녕, 그리고 평화를 위해서도 이런 시각은 더없이 좋아 보인다. 역사적으로, 아니 현 국제 정세에서도 종교간 분쟁은 사랑과 평화를 좀먹는 죄악에 다름 아니다.

　교회일치 운동이나 종교화합 운동 같은 것은 종교 지도자들한테 맡기자. 우리네 보통 사람들은 남의 종교 함부로 폄하하지 말고 이웃 삼아 서로 사랑하는 마음 길렀으면 좋겠다. 모든 종교의 제1 계명은 사랑 아닌가. 아우구스티누스가 살아나서 강론을 한다면 아마 '서로 존중하고 사랑하라'를 첫 주제로 삼을 것 같다.

Chapter 6

품격을
갖추려면

거 인 들 의 인 생 문 장

01

멋은 자유다

멋은 '스타일'과 달리 구속이 아니라 자유를, 통제가 아니라 해방을,
그리고 타율이 아니라 자율을 가리키는 말이다.
멋은 획일적인 데에서 변화를 찾고 구속 가운데에서
자유를 찾는 감정이다.

– 이어령 《읽고 싶은 이어령》

이어령(1934~2022) 선생은 현대 한국의 대표적 지성이다. 요즘 '선생'이란 호칭이 심하게 오남용되고 있지만, 이어령에게는 반드시 본래 의미의 선생 호칭을 붙이고 싶다. 장관도 작가도 교수도 박사도 그에겐 선생을 앞설 수 없다. 백범 김구 선생만큼이나 선생이 잘 어울린다. 그 이유는 참 멋쟁이이기 때문이다. 90년 가까이 이 땅에 살면서 그 누구보다 생각이 반듯하고, 언행에 품격이 있었다고 칭송받는다. 글솜씨와 말솜씨가 뛰어나 동시대를 살아가는 우리에게 많은 영감을 줬다. 힘들고 고단한 세상에 '문화'라는 옷을 입혀 행복을 건네주려 했다. 이런 훌륭한 선생은 찾기 어렵다.

이어령은 문학평론가 시인 소설가 수필가 언론인으로 살면서 수많은 저작물을 남겼다. 시대를 관통하는 날카로운 통찰력으로 130여 권을 펴냈으며, 미출간 원고도 적지 않다. 문화 평론집인 《축소지향의 일본인》과 《흙 속에 저 바람 속에》는 베스트셀러이자 스테디셀러다. 나는 그의 《읽고 싶은 이어령》이란 책을 특별히 좋아한다. 소설가 최인호가 생전에 이어령 작품 가운데 주옥 같은 글을 뽑아 예쁘게 편집한 책이다. 글마다 빛이 나고 탄성을 자아내게 한다. 특히 '멋'에 대한 이어령의 통찰에는 고개가 절로 끄덕여진다. 그는 책에서 멋과 스타일의 관계, 그리고 그 차이에 주목했다. 멋이란 말이 서구에서의 스타일이란 말과 비슷한 의미로 사용되지만 많이 다르다는 생각이다. 멋의 사전적 의미가 '차림새, 행동, 됨됨이 따위가 세련되고 아름다움'이기에 스타일과 유사하긴 하다.

"멋과 스타일을 자세히 분석해 보면 정반대의 성격이 드러난다는 것을 알 수 있다. 스타일은 격식화된 일정한 법칙, 그리고 특정한 양식과 질서를 의미한다. 혼돈되어 있는 것을 어떤 틀 속에 통일화하는 것처럼 산만하고 무질서한 것에 어떤 법칙을 부여하는 것이라고 볼 수 있다. (중략) 그러나 멋은 그와는 판이한 성격을 지니고 있다. 오히려 일정한 격식, 특정한 경향, 그리고 일반적인 질서와 그 규칙을 깨뜨리게 될 때 멋이 생긴다."

그는 스타일을 파괴할 때 멋이 생긴다고 강조한다.

"규칙에 사로잡히고 격식에 얽매여 있을 때 멋은 생겨나지 않는다. 차라리 그것은 고정된 스타일을 파괴하는 순간에 맛볼 수 있는 생의 진미라고 말할 수 있다. 형식의 가면에 은폐되어 있고 규칙의 사슬에 얽매여 있는 생을 거부하고, 그리하여 그 안에 감추어진 사물의 진미를, 자유로운 맛을 추구하는 것, 그것이 바로 멋의 참뜻이라 볼 수 있다."

이어령이 말하는 멋은 기존의 생각과 말과 행동을 파괴해야 생겨난다는 것이다. 지금까지 해온 대로 답습하고, 남들이 하는 대로 따라 해서는 결코 멋쟁이가 될 수 없다는 얘기다. 기존 질서에 만족하지 않고 새로운 것을 창조해나갈 때 비로소 멋을 얻고 즐길 수 있다는 것에 다름 아니다. 이런 생각은 이어령 본인이 자타가 공인하는 '창조의 아이콘'이었기에 쉽게 하지 않았을까 싶다. 사실 그처럼 글을 많이 쓴다는 자체가 창발성(創發性)의 증거 아닌가. 좋은 작품을 기획하고 아름다운 문장을 풀어내는 데 그 바탕은 거의 전적으로 창의, 혹은 창조라고 봐야겠다.

이어령은 서울대 국문학과를 졸업하던 해 한국일보에 '우상의 파괴'를 선보인 데 이어 이듬해 '문학예술' 지에 '비유법 논고'를 발표해 문학평론가의 길을 걷게 된다. 27세 젊은 나이에 중앙 언론사(서울신문) 논설위원에 발탁돼 주목받았으며 30세 때《흙 속에 저 바람 속에》를 펴내 베스트셀러 작가가 된다.

쉼 없는 작품 활동과 더불어 대학(이화여대 국문과) 교수로, 신문사(조선, 중앙) 논설위원으로, 출판인(새벽 편집위원, 문학사상 주간)으로 맹활약했다. 그의 창의적 발상은 88서울올림픽에서 유감없이 발휘되었다. 개막식과 폐막식 식전 행사를 성공적으로 기획, 연출한 것이다. 특히 잠실 종합운동장에 굴렁쇠 소년을 등장시켜 세계인의 찬사를 받았다. 새로운 세상을 창조하는 영감을 불러일으켰다는 평가였다. 이런 능력을 인정받아 노태우 정부 때는 초대 문화부 장관에 발탁되기도 했다. 이어령은 기획력과 문장력만 뛰어난 것이 아니라 말솜씨가 보통이 아니었다. 30여 년간 대학 강단에 서기도 했고 각종 강연과 세미나 등에 많이 참석했다지만 청중을 사로잡는 능력은 타의 추종을 불허했다. 그에게 멋을 한층 더하는 요소이다. 소설가 박완서의 말이다.

"이어령의 담론은 동서고금을 종횡무진 막힘이 없이 해박하고 신랄하고 반짝이며 자신만만하고 팔팔 생동감이 넘쳤다. 그러나 그 모든 것보다도 값진 그의 담론의 미덕은 듣는 이가 싫증을 안 내게 하는 데에 있다."(박완서의 '64가지 만남의 방식')

그를 상찬하는 데 글솜씨와 말솜씨에서 그칠 수는 없다. 이어령은 그야말로 품격 있는 지성인이었다. 20대에 벌써 한국 문학의 중심에 섰으니 목에 힘이 들어갈 만도 하지만 겸손은 그의 독특한 심성이었다. 부드러움과 여유, 그리고 잔잔한 미소는 그의 또 다른 트레이드 마크다. 생전에 한 번도 나쁜 구설에 휘말린 적이 없다. 내가 최고의 멋쟁이 선생이라 부르는 이유다. 이어령이 말한 것처럼 멋은 자유다. 그리고 해방이고 자율이다. 다들 멋지게 살고 싶다, 멋 부리고 싶다, 멋쟁이가 되고 싶다고 말하면서도 실제 행동에 나서지 않는 경향이 있다. 저변에 깔린 보수적 유교 문화 탓도 있을 것이다.

이어령이 가르친 멋의 전범은 아닐지라도 길지 않은 인생, 멋을 조금 부리며 신명 나게 살면 좋겠다. 세상이, 혹은 남들이 짜놓은 인식의 틀에 평생 나를 꿰맞추며 살기엔 우리 인생이 너무 각박하지 않은가. 남의 평가, 혹은 남의 눈에 조금은 둔감해지면 안 될까. 나이가 더 들 때까지 기다릴 것 없다. 사회생활 한창 하는 30대, 40대부터 창의성을 발동시켜 자유를 구가해보면 어떨까 싶다.

지인 중에 멋쟁이 공무원이 있었다. 행정고시에 합격한 전도 양양한 30대 중반 청년이었다. 중앙부처에서 과장으로 근무할 때 그는 수시로 노타이 차림으로 출근했다. 노타이 차림이 '예의 없음'의 상징일 때였다. 윗사람들이 가끔 꾸지람(?)을 했지만 별일은 없었다. 토요일 근무 때는 아예 청바지와 컬러 셔츠 차림을 했다. 그래도 별문제는 없었다. 동료들 사이에선 소신 있는 멋쟁이 공무원으로 통했다. 이런 사람은 안주하지 않는다. 그는 사표를 던지고 정치권에 뛰어들었다. 틀에 박힌 대로 일해야 하는 공무원이 싫었기 때문이다. 음악 좋아하는 친구들과 어울려 악단을 만들고 음반까지 냈다. 서울에서 3선 국회의원을 지냈다.

멋을 찾겠다고, 멋쟁이가 되겠다고 해서 제멋대로 살아도 된다는 것은 당연히 아니다. 자유와 자율을 찾고자 구속과 타율에서 벗어나는 몸짓을 하되 방종으로 흘러서는 곤란하다. 자칫 멋의 기본 요건인 품격을 잃을 수 있기 때문이다. 괜히 남에게 피해를 입힐 수도 있다. 사실 멋에는 고상한 품격과 운치를 갖춰야 하기 때문에 착한 심성과 여유가 필요하다. 단순한 풍류에 그칠 수는 없다. 위대한 극작가와 멋쟁이 영문학자의 가르침은 언제 들어도 멋있다.

"꽃에 향기가 있듯 사람에겐 품격이 있다. 그런데 꽃이 싱싱할 때 향기가 신선하듯 사람도 마음이 맑을 때 품격이 고상하다. 썩은 백합꽃은 잡초보다 오히려 그 냄새가 고약하다."
- 윌리엄 셰익스피어

"폐포파립(敝袍破笠)을 걸치더라도 행운유수(行雲流水)와 같으면 곧 멋이다. 멋은 허심하고 관대하며 여백의 미가 있다. 받는 것이 멋이 아니라 선뜻 내어주는 것이 멋이다."
- 피천득

여기에 한 가지만 보태고 싶다. 나름대로 지성을 갖추는 게 중요하다. 멋을 타고나는 사람은 거의 없다. 어차피 스스로 다듬어야 한다. 꾸준히 지적 활동을 하는 사람과 그렇게 하지 않는 사람을 비교해서 상상해 보라. 멋쟁이의 격이 다르지 않을까.

스스로 경계해야
품격이 생긴다

> 황제 티를 내거나 궁전 생활에 물들지 않도록 조심하라.
> 그러기가 쉽기에 하는 말이다. 따라서 늘 소박하고 선하고 순수하고
> 진지하고 가식 없고 정의를 사랑하고 신을 두려워하고 자비롭고
> 상냥하고 맡은 바 의무에 대하여 용감한 사람이 되도록 하라.
> 철학이 너를 만들려고 했던 그런 사람으로 남도록 노력하라.
>
> – 마르쿠스 아우렐리우스 《명상록》

약 1900년 전, 세상의 중심 로마에 꼬마 철학자가 살고 있었다. 마르쿠스 아우렐리우스(121~180). 그의 집안은 할아버지가 공화정 시대 최고 관직인 집정관을 지낸 명문가였다. 그는 여느 아이들과 달리 밤늦도록 공부하고 운동도 열심히 했다. 특이한 점은 어렸을 때부터 당시 유행하던 스토아 철학의 가르침을 스

스로 실천하고자 노력했다는 것이다. 스토아 철학은 인생에서 지나친 욕망이나 쾌락은 결국 고통을 부르기 때문에 절제와 부동심(不動心)을 가져야 한다는 사상이다. 그는 절제와 금욕의 미덕을 배우겠다며 열 살 무렵부터 따스한 침대 대신 차가운 바닥에서 잠을 잤다. 당시로선 아이 어른 할 것 없이 최고 오락거리였던 마차 경기와 검투사 시합 관람도 가까이하지 않았다.

스토아 철학을 중시하던 하드리아누스 황제는 이런 아우렐리우스를 마음에 쏙 들어 했다. 그를 '진짜 괜찮은 아이'란 뜻을 가진 '베르시무스(Versimus)'라 부르며 더없이 귀여워했다. 언젠가 최고 지도자가 될 감이라고 판단한 황제는 특별한 관심을 갖고 최상의 교육을 시켰다. 꼬마 철학자에겐 무려 17명의 가정교사가 동원되었으며, 일찌감치 공직에 나가 엘리트 코스를 밟도록 했다. 재무관 집정관 호민관 원로원 의원 등을 거친 아우렐리우스는 결국 마흔 나이에 황제 자리에 올랐다.

최상의 지도자 교육을 받아 황제가 되었으나 세상은 이미 제국 로마가 몰락하기 시작할 때였다. 귀족들의 사치와 병역 기피로 용병이 늘어나 군사력이 쇠퇴했다. 외침이 잦아 영토는 줄어들고 세수는 급감했다. 아우렐리우스는 그나마 만인을 품는 덕치와 뛰어난 행정 능력으로 근근이 제국을 경영할 수 있었다. 그는 전쟁이 나면 전선에 직접 나가 현장을 지휘하길 좋아했다. 죽음을 두려워하지 않는 스토아 철학의 영향 때문인 듯하다. 그의 유명한 저서 《명상록》은 군대 막사를 비롯한 전쟁터에서 쓴 책이다. 공공연하게 살육이 자행되는 죽음의 전선에서 스스로 중심을 잡고 자기 자신을 경계할 목적으로 집필한 글이다.

책에 '나 자신을 훈계함'이란 제목이 붙어있는 걸 보면 일종의 자경문(自警文)이라 하겠다. 감정이 격해지는 지점에서 이성을 일깨우고 마음의 평정을 되찾으려는 학자의 모습을 그리고 있다. 인간적 고뇌를 털어놓고 그 해결책을 제시하는 수준 높은 철학서이기도 하다. 첫머리에 소개한 글은 황제 스스로를 경계하는 말이지만 우리 인간이 어떤 모습으로 사는 것이 바람직한지를 일목요연하게 보여준다. 자기 자신을 위해서나 이웃을 위해서나 이런 자세로 살 수만 있다면 얼마나 멋지고 품격 있는 인생이 되겠는가. 글은 다음과 같이 이어진다.

"인생은 짧다. 지상에서의 삶의 유일한 결실은 경건한 성품과 공동체를 위한 행동이다."

내가 《명상록》을 좋아하는 이유는 권력과 명성과 돈 등 모든 것을 가진 제국의 1인자가 현재에 머물지 않고 품격과 양심을 갖춘 황제로 거듭나기 위해 자신을 끊임없이 채찍질하는 모습이 멋져 보이기 때문이다. 특히 품격과 관련된 이야기가 많다.

"일단 너 자신에게 선하고 겸손하고 진실하고 지혜롭고 공감하고 고매하다는 이름을 붙인 다음에는 다른 이름이 붙여지지 않도록 조심하라. 그리고 그런 이름들을 잃게 되면 서둘러 그런 이름들로 돌아가라."

- 자기 정화

"얼굴은 고분고분하게 마음이 시키는 대로 표정을 짓고 자세를 가다듬는데, 마음은 자신이 시키는 대로 표정을 짓고 자세를 가다듬을 수 없다는 것은 수치스런 일이다."

- 마음의 평정

"현재의 상황에 경건한 마음으로 만족하는 것, 현재의 이웃들에게 공정하게 대하는 것, 어떤 것도 검정을 거치지 않은 채 마음속에 몰래 스며들지 못하도록 현재의 인상들을 세심하게 분석하는 것, 이것은 네가 언제 어디서나 할 수 있는 일이다."

- 만족

"이 짧은 시간을 자연에 맞게 보내고 나서 즐거운 마음으로 떠나도록 하라. 올리브가 다 익은 뒤 낳아준 대지를 찬미하고 길러준 나무에 감사하며 떨어지듯이 말이다."

- 감사

"찌푸린 얼굴은 자연에 아주 어긋난다. 그것이 자주 반복되면 상냥한 얼굴 표정이 사라지기 시작하다가 종국에는 완전히 소멸되어 전혀 되살릴 수 없게 된다."

- 밝은 표정

"공허한 과시욕, 무대 위에서의 연극, 양떼 소떼 강아지들에게 던져진 뼈다귀, 양어장에 던져진 빵 부스러기, 개미들의 노고와 짐 나르기, 겁먹은 생쥐들의 우왕좌왕, 실로 조종되는 인형들, 너는 이런 것들 사이에 똑바로 서되 상냥하고 잘난 체하지 마라."

- 겸손

"가능하다면 잘못을 저지른 자를 타일러라. 가능하지 않다면 그런 경우를 위하여 관용이 네게 주어졌음을 명심하라. 신들도 그런 자들에게 관용을 베풀며, 건강과 부와 명성과 같은 몇 가지 목적을 위해서는 그들을 도와주기도 한다."

- 관용

황제 철학자의 이런 자기 고백적 가르침은 1900년 세월이 흘렀건만 조금도 고루하지 않고 가슴에 와 닿는다. 평생 전쟁과 재앙에 시달리던 아우렐리우스는 59세 나이로 생을 마감한다. 영토 북부 도나우강 너머 게르만을 평정하고 돌아오는 길에 페스트에 걸려 숨졌다.

황제권을 물려받은 아들은 폭군이었다. 이후 로마제국은 빠른 속도로 몰락해갔다. 그럼에도 아우렐리우스는 앞선 황제 4명과 더불어 로마 황금기를 이끈 오현제(五賢帝)로 불린다. 그의 철학적 성취와 도덕적 치세가 반영되지 않았을까 생각된다

《명상록》을 읽고, 아우렐리우스를 생각하면 율곡 이이 선생의 자경문이 떠오른다. 어머니 신사임당의 죽음을 안타까워하며 19

세 때 금강산에 들어가 1년가량 머물다 강릉 외조모 댁에 와서 지은 자기 수양의 글이다. 순전히 스스로를 경계하는 글로, 후세 젊은이들에게 귀감이 된다. 주요 부분을 요약하면 이렇다.

- ◆ 성인의 경지에 이를 것이란 생각으로 뜻을 크게 가져라.
- ◆ 말을 적게 하라. 말을 할 만한 때에만 하면 간략하지 않을 수 없다.
- ◆ 마음에 평정을 갖도록 노력하라.
- ◆ 언제나 경계하고 특히 혼자 있을 때 삼가야 한다.
- ◆ 실천할 수 있는 공부를 하라.
- ◆ 재물, 영예 같은 이익을 너무 탐하지 마라.
- ◆ 역경이 닥쳤을 때 스스로 반성하고 상대방을 감화시켜라.
- ◆ 잠자거나 아플 때가 아니면 눕지 마라.

이 가운데 네 번째 항, 혼자 있을 때 삼가야 한다는 대목을 잘 새겨볼 필요가 있다. 중국 고대 사상가들과 퇴계 이황 선생도 특별히 강조했던 덕목, 신독(愼獨)이 그것이다. 세상은 온통 유혹에 휩싸여 있다. 자기는 아무리 바로 살려고 해도 외적 환경이 그냥 놔두질 않는다. 다른 사람이 함께 있을 때는 말할 것도 없고 홀로 있을 때에도 도리에 어긋나는 일을 하지 않고 조심하고 절제해야 한다는 것, 이것이 바로 신독이다. 최고의 인생 공부가 아닐까 생각된다.

율곡은 스스로 다짐한 대로 인생을 살았다. 과거시험 준비 시기, 벼슬 시기, 학문 시기 모두 한 점 흐트러지지 않고 올곧은 모습을 보인 것으로 역사는 기록하고 있다. 역사적으로 남에게, 공동체에 품격이 흘러넘치는 참 지식인으로 각인된 이유다.

마르쿠스 아우렐리우스도 당연히 품격 있는 황제이자 철학자였다. 끊임없이 스스로 경계하는 삶을 살았기에 그런 평가를 받는다. 자기 정화, 평정심, 절제, 금욕, 감사, 경청, 겸손, 관용….

03

편견을 버려야
사랑할 수 있다

편견은 내가 다른 사람을 사랑하지 못하게 하고,
오만은 다른 사람이 나를 사랑할 수 없게 만든다.

– 제인 오스틴《오만과 편견》

약 200년 전, 영국 시골 롱본 지역의 베넷 가문 이야기다. 안주인 베넷 부인은 다섯 딸을 부유한 집으로 시집 보내기 위해 동분서주하고 있었다. 휴양을 위해 이곳으로 이사 온 부자 청년 빙리를 사윗감으로 점 찍어 그 일가를 초대하여 무도회를 열었다. 쾌활하고 사교적인 성품을 가진 빙리는 얼굴이 곱고 성격이 온화한 첫째 딸 제인과 사랑에 빠진다. 활달한 성격의 둘째 딸 엘리자베스는 함께 온 빙리 친구 다아시를 자신의 짝으로 염두에 뒀으나 그의 오만한 태도에 반감을 갖게 되었다.

엘리자베스는 다아시가 빙리와 언니의 결합을 방해한다고 오해하는가 하면, 장교인 위컴으로부터 다아시가 악덕 지주라는 모함의 말까지 듣게 된다. 귀족 출신에다 큰 부자인 다아시는 엘리자베스에게 매력을 느껴 신분 차이에도 불구하고 청혼을 한다. 그러나 엘리자베스는 그가 신사답지 못하고 오만하다며 일언지하에 거절한다. 이에 다아시는 그간의 속사정과 오해 부분을 해명하고 자신의 오만함을 반성하는 장문의 편지를 보내 엘리자베스의 마음을 풀게 만든다. 다아시가 베넷 가문의 큰 골칫거리를 남몰래 해결해 준 사실까지 알게 된 엘리자베스는 자신이 편견에 사로잡혔음을 인정하고 그와 사랑의 결실을 맺는다. 언니 제인도 결혼에 성공한다.

영국 여류 작가 제인 오스틴(1775~1817)의 소설 《오만과 편견》의 줄거리다. 시골 중산층 딸 부잣집의 흔한 구혼 스토리이지만, 등장인물들의 심리 묘사가 워낙 뛰어나 연애소설의 백미라 불린다. 남녀 주인공이 각기 오만과 편견의 색안경을 낀 채 신경전을 벌이는 모습은 우리네 보통 사람들의 자화상이다. 오만과 편견을 버릴 때 비로소 품격도 사랑도 생긴다는 사실을 명료하게 보여준다.

소설 서두에 등장하는 무도회에서, 다아시에 대한 참석자들의 평가는 세상에서 가장 건방지고 불쾌한 남자이며 두 번 다시 초대하고 싶지 않은 인물이다. 둘째 딸 엘리자베스와 춤추기를 거부한 탓에 베넷 부인은 크게 화가 났다.

"첫인상부터 전혀 호감이 가지 않았을 뿐더러 눈 씻고 봐도 어디 한 군데 마음에 드는 구석이 있어야 말이지. 거만하고 자존심은 또 얼마나 강하던지. 고고한 척은 혼자 다 하면서 이리저리 활개치며 다니는 꼴이 자기가 꽤나 잘날 줄 알고 있는 모양이에요. 우리 엘리자베스가 춤을 추고 싶을 만큼 아름답지 않다니!"

아마 엘리자베스는 언니 제인 만큼 미인은 아니지만 표정이 밝은 데다 쾌활하고 유머가 있어 그게 다아시의 마음을 사로잡은 것 같다. 수개월이 흘러 엘리자베스를 만난 다아시는 이런 말로 청혼을 했다.

"혼자 애를 써보았지만 허사였습니다. 제 감정을 도무지 억누를 수가 없습니다. 제가 얼마나 당신을 동경하고 사랑해왔는가를 말하게 해 주십시오."

청혼 순간에도 오만함이 배어 있었다. 신분이 낮은 사람과 합치는 데 따른 고민이 많았다고 했다. 자존심이라고 표현했지만 엘리자베스는 기분 좋을 리 없다. 다아시는 청혼이 당연히 받아들여질 줄 알았다. 그러나 거절의 수준은 꽤 높았다.

"처음에 알게 되었을 때부터, 아니 최초의 순간부터라고 말해야 좋겠지요. 당신의 태도는 오만하고 자만심이 강해서 남의 감정을 상하게 해도 아무렇지도 않게 여기는 분이라는 인상을 뚜렷이 받았고, 게다가 그 후에 일어난 사건으로 당신을 아주 싫어

하게 되었어요. 알게 된 지 하루도 지나기 전에 당신 같은 분과
는 절대로 결혼하지 않겠다는 생각을 했어요."

그러나 다아시가 건네준 편지에 이어 다아시 집 가정부의 주
인 인물평에 엘리자베스는 크게 흔들린다.

"그분은 최고의 지주이자 최고의 주인님이십니다. 자기 일밖
에 생각하지 않는 요즘의 이기적인 젊은 사람들과는 전혀 딴판
입니다. 소작인이나 하인들도 주인님을 칭찬하지 않는 사람이
없지요. 그분을 거만하다고 말하는 사람들도 있지만 저는 그렇게
생각한 적이 없습니다. 제가 짐작하기에는 그저 주인님이 보통
젊은이들처럼 별로 말을 잘 하지 않기 때문이라고 생각합니다."

누군가에 대해 잘못된 편견을 버리고 나면 금방 마음이 너그
러워진다. 그 후에는 볼 때마다 좋은 인상을 받는다. 지금 엘리자
베스의 심리 상태가 꼭 그렇다. 꼴도 보기 싫었던 사람에게 급격
하게 호감이 간다. 작가의 현장 묘사다.

"엘리자베스는 다아시에게 자주 눈길을 던지지는 못했다. 그
러나 흘깃 쳐다볼 때마다 그의 얼굴에서 온화하고 부드러운 표
정을 찾아볼 수 있었고 목소리도 도도하다거나 남을 경멸하는
기색은 조금도 없었다."

작가의 묘사는 이렇게 이어진다.

"아, 그녀는 그에 대해 지녔던 그 무례한, 온갖 배은망덕한 감
정과 그에게 던졌던 그 건방진 말들을 얼마나 사무치게 후회하

고 뉘우쳤는지 모른다."

아버지한테 결혼을 허락받는 장면이다.

"자존심이 강한 불쾌한 사내라고 모두들 말하고 있지만 (네가) 정말 좋아한다면 그런 건 아무것도 아니야."

"네, 좋아해요. 좋아하고 있어요. 그를 사랑하고 있어요. 부당한 자존심 같은 건 갖고 있지 않아요. 정말 부드러운 사람이에요."

여자의 마음은 갈대라고 했던가. 엘리자베스의 마음이 180도 바뀐 이유는 뭘까. 소설로만 보면 다아시가 특별한 연애꾼도 아니고, 그녀에게 애타게 매달린 것도 아니다. 그냥 자존심 지키면서 평소처럼 행동했을 뿐이다. 엘리자베스의 마음이 변한 것이다. 오만하다는 첫인상의 편견이 사라지면서 마음이 한없이 너그러워진 것이다.

그렇다. 편견은 이처럼 무섭고 고약한 성정이다. 공정하지 못하고 한쪽으로 치우친 생각이다. 사람이나 사물, 그리고 현상을 공정하게 보지 못하면 판단이 흐려질 수밖에 없다. 결국은 오해와 왜곡을 부른다. 사실 편견은 누구나 조금씩은 갖고 있다. 사람마다 생각의 바탕이 다 다르고, 각자의 경험이 그것에 얹히다 보면 객관성을 잃고 한쪽으로 치우친 생각을 할 수 있다.

알버트 아인슈타인의 말에 귀 기울여 보자. 자못 섬뜩하게 들린다.

"상식은 18세 때까지 후천적으로 얻은 편견의 집합이다."

자기는 지극히 상식이라고 생각하지만 그것도 따지고 보면 편견일 수밖에 없다는 뜻일 게다. 그가 "교육이 학습을 방해한다"라고 말한 것도 같은 맥락이지 싶다. 아인슈타인의 말이 맞는다면 모든 인간이 편견 덩어리인지도 모른다. 그럼 편견의 함정에 빠져 살아도 괜찮다는 말인가. 당연히 그건 아니다. 누가 뭐래도 편견은 분별없는 생각이어서 반듯하고 행복한 삶을 살아가는 데 방해가 된다. 판단 미스로 일상에서 손해 보는 일이 발생할 가능성이 있고, 품격을 잃을 수가 있고, 좋은 사람 사귀기 힘들 수도 있다.

사람에 대한 편견은 보통 첫인상에서 비롯된다. 외모를 비롯한 첫인상이 양호하면 당연히 좋은 평가를 하게 된다. 한데 첫인상이 조금 안 좋다고 해서 지레짐작으로 그 사람을 평가절하하는 것은 바람직하지 않다. 처음에는 그다지 호감이 가지 않지만 보면 볼수록 정이 가는 사람도 많지 않은가. 깊고도 깊은 사람 속을 첫 만남에서 정확히 파악하기란 쉽지 않은 법이다.

우리는 정치적 편견이 없는지에 대해서도 자신을 점검해 볼 필요가 있다. 좋아하는 쪽만 보면서 싫어하는 쪽은 끝내 외면하고 폄하하는 사람을 우리는 흔하게 본다. 정치적으로 태극기부대와 '문빠'가 대표적이다. 자기도 모르는 사이에 편견이 개입되었을 가능성이 있다. 지역적 편향이나 남녀, 계층 및 세대 갈등의 저변에도 편견이 똬리 틀고 있을 가능성이 높다. 종교적 신념에 따른 타 종교 비난 행위도 마찬가지다. 이런 정치적 사회적 편견과 그에 따른 의사 표현이나 행동은 주변 사람들에게 품격 없는 사람으로 비쳐지기 십상이다.

편견을 완전히 버리기는 어렵다. 인간은 너 나 할 것 없이 경험의 포로이기 때문이다. 하지만 편견을 가급적 갖지 말자는 자각, 조금이라도 줄여보자는 노력만큼은 해야 하지 않을까 싶다. 자신의 품격을 좌우하기 때문이다. 헨리 조지 소로우가 우리를 격려해준다.

"편견을 버리기에 너무 늦은 때는 없다."

양심의 거울을
자주 들여다봐라

바다보다도 큰 광경이 있으니 그것은 하늘이요,
하늘보다도 큰 광경이 있으니 그것은 인간의 영혼 속(양심)이다.

– 빅토르 위고 《레미제라블》

　프랑스에서 성경 다음으로 많이 읽히고 사랑받는 빅토르 위고
(1802~1885)의 소설 《레미제라블》. 이 소설의 주제로 흔히 '속죄
를 통한 인간성 회복'을 꼽는다. 그렇다. 주인공인 전과자 장발장
이 도둑질한 죄를 뉘우치고 불쌍한 여인의 딸을 위해 헌신하는
성자(聖者)의 모습을 그린다. 한 인간의 탈선과 변신, 갈등, 회개,
희생, 결단, 용서, 자선을 보여주는 위대한 인생 드라마다. 그런
데 나는 속죄뿐만 아니라 '양심'이란 단어가 떠오른다. 장발장의
삶을 위대하게 만든 원동력은 결국 양심이란 생각이 들어서다.

양심이란 '사물의 가치를 변별하고 자기의 행위에 대하여 옳고 그름과 선과 악의 판단을 내리는 도덕적 의식'을 말한다. 사람은 누구나 어느 정도 이런 성정을 갖고 산다. 도덕성을 통해 우리는 원만한 인간관계를 맺고 품격을 지키며 행복을 찾아간다. 하지만 주위를 둘러보면 비양심적인 사람을 숱하게 만난다. 선과 악을 구분하는 도덕을 제대로 갖추지 못한 사람이 적지 않다는 얘기다. 감옥에 갈 정도의 범죄 행위를 자행하지 않을 뿐 정신적 범죄를 저지르는 사람은 의외로 많다. 이런 사람에게 품격이 있을 리 만무하다.

《레미제라블》은 인간의 양심이 무엇인지, 인간의 양심이 어때해야 하는지를 선명하게 보여주는 대하 드라마다. 정치적 사회적으로 혼란의 도가니에 빠진 19세기 프랑스에서 양심의 중요성을 독자들에게 새삼 일깨워준 소설이다. 작품을 간략하게 소개하면 이렇다.

무식하고 가난한 시골뜨기 장발장이 굶어 죽어가는 조카들을 위해 빵 한 덩어리를 훔친 혐의로 19년 동안이나 감옥살이를 했다. 석방되었지만 전과자를 받아주는 곳은 아무 데도 없었다. 결국 성당에 찾아갔고, 주교로부터 사람대접을 받았음에도 그곳 은쟁반을 훔치고 만다. 주교의 용서를 받았으나 길 가던 소년의 동전을 빼앗는 바람에 종신형을 받을 수 있는 누범자가 된다. 스스로 회개한 장발장은 양심 회복에 나서 조그마한 도시에서 공장을 세워 자선 활동과 함께 많은 덕을 베풀었으며 그 공로를 인정받아 시장이 된다. 집요한 자베르 형사만이 의심을 품고 그를 감시한다. 그러던 중 뜻밖에 다른 한 남자가 누범 전과자 장발장이라며 경찰에 체포돼 종신형 위기에 처했다는 소식을 듣는다. 장발장은 고심 끝에 무고한 남자를 구하고자 스스로 이웃 도시 재판정을 찾아가 자수해 또다시 영어의 몸이 된다. 그러나 금방 탈옥해 시장 시절 돌봤으나 죽은 불쌍한 여인의 어린 딸 코제트를 악의 구렁텅이에서 구출해 무한한 사랑을 베풀며 키운다.

양갓집 청년 마리우스는 코제트와 사랑에 빠졌으나 결혼이 어렵다는 사실을 알고 파리 시내 공화파 폭동에 적극 가담한다. 그의 패배와 죽음이 불가피함을 눈치챈 장발장은 폭동 현장을 찾아가 중상을 입고 기절한 마리우스를 어깨에 메고 땅밑 하수도를 통해 탈출, 자기 집까지 데려다준다. 마리우스와 코제트는 결혼에 성공해 큰 행복을 찾았으며 자베르 형사는 자살했기에 장발장은 이제 두려울 것이 없었다. 하지만 양심의 가책을 느껴 마리우스에게 자신의 과거를 고백하고 사랑하는 코제트를 떠나 혼자 조용히 죽음을 맞이하려 한다. 마리우스는 장발장이 자신에게 생명의 은인임을 뒤늦게 알고 코제트와 함께 찾아가 참회의 눈물을 흘린다. 장발장은 두 젊은이의 사랑과 행복을 당부하며 조용히 눈을 감는다.

서두에 소개한 문장은 장발장이 무고한 남자를 구하기 위해 재판정에 나가기로 결정해 놓고도 고민하는 모습을 작가 위고가 묘사한 대목이다. 그냥 내버려두면 그 남자가 대신 형을 살고, 자기는 자베르의 감시에서 벗어날 수도 있을 텐데 양심이 갈등을 일으키고 있는 상황이다. 재판정이 있는 도시로 타고 갈 마차까지 예약해 놓은 상황에서 장발장은 밤새 심리적 갈등을 겪는다. 갈등의 저변에는 끊임없이 양심이 꿈틀거린다. 위고의 장발장 심리 묘사다.

"오호라! 내쫓고 싶었던 것이 들어와 있었다. 눈멀게 하고 싶었던 것이 그를 바라보고 있었다. 그의 양심이. 그의 양심, 즉 신이."

재판정에서 자백하는 순간 곧바로 체포되고 죽을 때까지 옥살이를 해야 한다. 반면 눈 질끈 감고 모른 체하고 지나가 버리면 조금 불안하긴 해도 시장직을 누리며 풍요롭게 살 수 있다. 잠이 올 리가 있겠는가. 또 다른 심리 묘사다.

"그는 자기 자신의 심연이라고도 할 수 있는 것에 몸을 구부리고 양심의 밑바닥으로부터 그렇게 자기 자신에게 말하고 있었다. 그는 의자에서 일어나 방 안을 걷기 시작했다. '자, 그 일은 더 이상 생각하지 말자. 이제 결심은 섰다' 그러나 그는 아무런 기쁨도 느끼지 못했다."

"자수하고, 그토록 비통한 오류의 희생양이 된 그 사나이를 구출하고, 자기 이름을 밝히고, 의무를 다하여 다시 죄수 장발장이 된다면 그것이야말로 정말 자기의 부활을 성취하고 자기가 벗어난 지옥의 문을 영원히 닫아 버리는 것이 되지 않겠는가!"

재판정으로 가는 길이 끊어지고 마차가 고장 나는 바람에 자수를 단념하고 되돌아올 기회도 있었지만 장발장은 결국 갔다. 그러고는 충격의 자수를 했다. 작가는 장발장의 양심을 결론 삼아 이렇게 묘사했다.

"장발장이 어떤 사람이든 간에 확실히 하나의 각성한 양심임에 틀림없었다. 거기에는 뭔지 알 수 없는 신비로운 명예 회복이 시작되어 있었고, 필시 이미 오래전부터 그는 양심의 가책에 의해 지배되고 있는 사람임에 틀림없었다. 이러한 올바름과 착함의 발동은 평범한 성격의 사람들에게는 좀처럼 있을 수 없는 일이다. 양심의 각성, 그것은 영혼의 위대함이다."

양심은 인간의 본능이다. 그것이 제대로 작동되는 게 정상이다. 양심껏 살 때 비로소 도덕적 인간이 된다. 반대로 양심을 저버린 채 산다는 건 인간임을 포기하는 것이나 마찬가지다. 철학자 장 자크 루소가 양심이 있고 없음의 차이를 명쾌하게 설명해 준다.

"양심, 양심, 신성한 본능이여. 불편한 하늘의 소리여. 지성 있고 자유로운 존재의 확고한 안내자여. 선악에 대한 올바른 심판자여. 인간을 신과 닮게 하는 자여. 그대야말로 인간 본성의 우수성과 인간 행위의 도덕성을 낳게 하는 자다. 만약 그대가 존재하지 않으면 단지 규율 없는 오성과 원리 없는 이성의 도움을 빌어 잘못만을 저지르는 슬픈 특권을 느낄 뿐이며 그때 나는 하나의 동물일 따름이다."

양심은 누구에게나 있다. 없다면 루소의 말처럼 사람이 아니라 동물이다. 중요한 것은 자신이 가진 양심을 자신의 생각과 언행에 제대로 반영하고 표출하느냐 여부다. 양심껏 사는 사람은 스스로 행복하다. 비록 죄를 지었지만 회개하고 양심을 좇아 살고자 노력한 장발장은 내심 행복했을 것이다. 양심은 정의와 사랑을 낳는다. 장발장은 양심을 되찾았기에 정의를 실천하고 사랑을 나눌 수 있었다.

내가 졸업한 고등학교의 교훈은 '언제나 어디서나 양심과 정의와 사랑에 살자'이다. 학창시절 나는 기독재단 학교이면서 왜 양심을 사랑보다 앞세웠을까 의문을 가진 적이 있다. 나이 들어서야 양심이 사랑보다 결코 덜 중요한 덕목이 아니며 양심이 발현돼야 진정한 사랑을 실천할 수 있음을 알게 되었다. 올곧게 양심을 지키며 살면 상대적으로 손해라는 생각을 가진 사람이 적지 않다. 그런 생각을 할 수도 있겠다. 하지만 기나긴 인생길, 멀리 보면 양심은 반드시 승리한다. 인생길은 직선이 아니라 곡선이다. 양심적으로 사는 사람에겐 시련이 닥쳤을 때 십중팔구 도움의 손길이 다가온다.

"인간을 비추는 유일한 등불은 이성이며, 삶의 어두운 길을 인도하는 유일한 지팡이는 양심이다."

독일 시인 하인리히 하이네의 말이다. 이성을 갖고 양심의 거울을 자주 들여다보면 품격이 생기고 인생길이 한층 밝아질 것이다. 빅토르 위고는 양심적인 삶을 살다간 지식인이다. 공화주의자였던 그는 소신을 지키느라 루이 나폴레옹과 치열하게 대립했으며, 나폴레옹 3세가 집권한 이후에는 20여 년간 해외에서 망명 생활을 해야 했다. 시련기에 그는 엄청나게 많은 작품을 썼다. 프랑스인들은 행동하는 양심적 작가 위고를 끔찍이도 사랑했다. 그가 83세 일기로 숨지자 프랑스 정부는 국장으로 예우했으며, 수많은 파리 시민들이 장례 행렬을 따랐다.

05
교만이 겸손을
이길 수 없는 이유

인간은 누군가가 죽을 때까지 행운이 있는 사람이라고 부를지언정
행복한 사람이라고 부르는 것은 삼가야 합니다.

– 헤로도토스 《역사》

기원전 560년 무렵, 지중해 변 리디아 왕국의 수도 사르디스. 엄청난 부자로 소문난 리디아 왕 크로이소스가 인접국 그리스의 최고 현인 솔론의 예방을 받았다. 노년에 접어든 솔론이 10년 계획으로 해외 여행길에 올랐다는 소식을 접한 젊은 왕 크로이소스가 인생의 지혜를 구하고자 그를 왕궁으로 초청한 것이다. 왕은 솔론을 극진하게 대접한 뒤 자신의 거대한 보물창고까지 구경시켰다. 부를 한껏 자랑하고 싶어서였다. 그러고는 솔론과 얘기를 나눴다.

PART 6

"아테네의 현자여, 그대에게 꼭 물어보고 싶은 것이 있소. 이 세상에서 가장 행복한 사람을 만난 일이 있소?"

자기가 가장 행복한 사람이란 대답을 듣고 싶어 이런 질문을 했으나 솔론은 전혀 엉뚱한 사람의 이름을 댔다.

"아테네의 텔로스가 가장 행복한 사람이라고 생각합니다."

화가 난 크로이소스가 따지듯이 그 이유를 묻자, 솔론은 "텔로스는 번영한 나라에서 태어나 훌륭한 아이들을 두었으며, 이웃 나라와 전쟁이 벌어졌을 때 적을 패주시킨 뒤 훌륭하게 전사했다"라고 대답했다. 자기가 두 번째 행복한 사람은 될 것이라고 생각한 왕은 그다음으로 행복한 사람은 누구냐고 물었다. 솔론은 텔로스와 마찬가지로 평범하지만 명예롭게 죽은 클레오비스와 비톤 형제라고 대답했다. 형제는 체력이 뛰어난데다 우애가 좋고 효심이 지극하다고 그 이유를 설명했다. 헤라 축제 때 어머니를 모시고 가려는데 수레 끌 소가 없어 형제가 대신 끄느라 도착 직후 과로로 숨졌다는 이야기를 보탰다. 이에 잔뜩 화가 난 크로이소스는 "그대는 나를 그와 같은 서민들만도 못한 사람으로 보는 것 같소. 나의 이 행복은 아무런 가치도 없단 말이오?"라고 다그쳐 물었다. 솔론은 왕을 진정시킨 뒤 자신의 행복론을 설파했다.

"왕께서 좋은 생애를 마쳤다는 것을 알 때까지 저로서는 아무 말도 할 수 없습니다. 제아무리 유복한 사람이라도 만사가 잘 되어가는 평생을 끝마칠 수 있는 행운을 만나지 않는 한 그날그날 을 살아가는 사람보다 행복하다고는 결코 말할 수 없습니다. 돈 이 썩을 정도로 많아도 불행한 사람이 많은가 하면, 재산이 없어 도 좋은 운을 만난 사람 또한 많습니다."

그러고는 이 글 첫머리에 소개한 말까지 덧붙였다. 크로이소 스는 현재 자신이 가진 복을 평가절하하며 결말을 지켜보라는 솔론을 못마땅하게 여기고는 그를 떠나보내고 말았다. 솔론이 떠난 뒤 크로이소스에게는 엄청난 시련이 닥쳤다. 사랑하는 아 들을 잃었으며, 페르시아와의 전쟁에서 패해 나라까지 잃고 말 았다. 페르시아 왕 키루스에게 포로로 잡힌 그는 화형에 처해질 위기 상황을 맞고서야 교만하지 말라는 솔론의 말이 떠올랐다.

"인간은 아직 살아있는 한 그 누구도 행복하다고 말할 수 없다."

키루스 왕은 크로이소스와 솔론 간 과거 대화 내용을 전해 듣 고는 자신도 자칫 크로이소스처럼 갑자기 몰락할 수 있겠다는 생각에 그의 목숨을 살려줬다. 키루스는 바빌로니아를 정복한 뒤 유배 중이던 유대인들을 해방시키는 등 선정을 베푼 인물이다.

교만은 파멸을 부른다는 역사적 교훈이 담긴 이야기다. 그리 스의 헤로도토스(BC 약 484~425)가 쓴 《역사》에 나오는 스토리 다. 플루타르코스의 《영웅전》에도 이런 내용이 기록되어 있다. 《역사》의 묘사로는 크로이소스가 특별히 나쁜 사람이거나 어리 석은 왕은 아니다. 상당히 유능해서 조상들이 물려준 왕조를 크게 확장했다. 여러 그리스 도시국가들을 병합해 소아시아 지역 최고 강자로 등극한 사람이다.

그는 특히 당시 세계 최고 부자로 불렸다. 역사상 최초로 화폐 제도를 발명하는가 하면, 금화를 주조해 유통시켰다. 현대 영어 사전에 엄청난 부자란 뜻으로 'as rich as croesus'란 관용어가 등재되어 있을 정도다. 교만해질 만도 하다. 세상 누구보다 많은 돈과 큰 권력을 가졌으니 우쭐한 마음이 생기는 건 당연한 일인 지도 모른다. 돈과 권력을 제대로 갖추지 못한 사람들을 깔보는 습관도 가졌을 것이다. 하지만 이런 심성 때문에 그의 부귀영화 는 오래가지 못했다. 자기보다 힘이 더 세고 더 많은 걸 가진 사 람이 언제든지 나타날 수 있다는 사실을 왜 몰랐을까? 돈이나 권력에 취하면 변화하는 세상이 잘 보이지 않는 모양이다. 세상 모든 일은 끝난 게 끝난 것이 아니란 사실을 터득하지 못하는 사 람의 약점이다.

이는 왕과 같은 거대 권력자에게만 해당되는 얘기가 아니다. 어디서 무얼 하고 살든 교만한 사람은 겸손한 사람을 이기기 어 렵다. 교만하면 어떤 형태로든 삶이 힘들고 고달파진다. 그리스 신화에선 교만을 가장 나쁜 심성으로 여긴다. 아무리 얌전하고 착한 신이라도 자기한테 도전하는 인간은 교만함을 이유로 가차 없이 처단한다. 성경 창세기의 아담과 하와에 대한 하느님의 징 벌도 교만이 이유다. 성경에는 "파멸에 앞서 교만이 있고, 멸망에 앞서 오만한 정신이 있다(잠언 16장 18절)"라는 구절도 있다.

중국 전한 시대 유향이 지은 '전국책(戰國策)'엔 이런 말도 나온다. "부귀한 자는 교만과 약속하지 않아도 교만이 스스로 찾아오고, 그 교만은 망하는 일과 약속하지 않아도 망하는 일이 스스로 찾아온다." 부귀와 멸망 사이에 교만이라는 나쁜 연결고리가 자리하고 있다는 뜻이다.

이럴진대 우리네 보통 사람들은 무조건 자신을 낮추고 살아야 한다. 교만이란 잘난 체하며 뽐내고 건방진 것을 말한다. 겸손하지 않고 남의 가르침을 받지 않으려는 태도까지 포함한다. 세상에 이런 사람을 좋아할 이는 아무도 없다. 반대로 겸손은 남을 존중하고 자기를 내세우지 않는 태도를 말한다. 이런 사람에겐 좋은 사람들이 속속 모여든다. 겸손한 사람에겐 누구나 도와주고 싶은 마음이 생긴다. 더불어 살아가는 인간 세상에서 이런 심성이 얼마나 중요한지 모른다. 겸손이 교만을 이길 수밖에 없는 이유다. 고대 동서양의 대표 철학자도 겸손을 매우 중요한 가치로 여겼으니 더 말해서 무엇하랴.

"내 학설은 다만 옛 성인과 현인들의 가르침을 그대로 조술해서 전하고 있을 뿐이며 여기에 나 자신의 새로운 생각을 가미하거나 창작한 것이 아니다."

– 공자

"내가 유일하게 아는 것은 내가 아무것도 모른다는 사실이다."
- 소크라테스

명심보감에선 "나를 낮추는 자만이 남을 다스릴 수 있다"라고 했으며, 벤저민 프랭클린은 "겸손은 윗사람에게는 의무, 동등한 사람에게는 예의, 아랫사람에게는 기품이다"라고 했다. 교만하지 말란다고 해서 자부심이나 자존감을 가까이하지 말라는 것은 아니다. 교만 대신 겸손을 택하고도 그런 것을 얼마든지 가질 수 있다. 아니, 갖는 것이 좋다. 자부심이란 자기 자신에 대해 스스로 그 가치나 능력을 믿고 당당히 여기는 마음을 말한다. 이런 마음은 겸손과 충분히 공존할 수 있다. 또 자존감이란 스스로 품위를 지키고 자기를 존중하는 마음을 뜻한다. 겸손하다고 해서 비굴한 것은 결코 아니기에 자존감은 언제나 중요하다. 거칠고 험난한 세상을 살아가는 데는 겸손 못지않게 자존감도 필요하다.

그런데 겸손은 너무 과하면 안 된다. 자신의 능력이나 성과가 뛰어나고 큰데도 지나치게 겸손한 태도를 취하는 바람에 교만한 사람으로 비치는 것은 불행이다. 이런 사람은 흔하게 본다. 누가 봐도 갖춘 것이 많음에도 겸양이 도를 넘어 기어들어 가는 소리를 하는 사람은 밉상이다. 이 또한 교만이 아닐 수 없다. 그러니 겸손과 교만은 종이 한 장 차이다. 과유불급임을 알고 중용을 택하는 것이 삶의 지혜다. 크로이소스가 현명한 왕이었다면 솔론에게 이렇게 말했을 것이다.

"아테네의 현인이여. 아시다시피 나는 권력과 돈, 그리고 명성까지 갖추었소. 나는 큰 행복감을 느끼고 있다오. 그런데 내가 이런 행복을 누릴 자격이 있는지 모르겠소. 또 이런 행복이 죽을 때까지 계속될지 은근히 불안하오. 지금의 행복을 계속 누리려면 내가 어떻게 처신하는 것이 좋을지 선생의 고견을 듣고 싶소."

남이 하는 말을 귀담아듣고,
되도록이면 말하는 사람의
영혼 속으로 들어가는 습관을 들여라.

– 아우렐리우스의 '경청'

Chapter 7

멋진 인생을
꾸미려면

거인들의 인생문장

01
세상에서 가장
'잘' 살다간 사람

우리는 단순히 사는 것을 소중히 여길 것이 아니라
잘 사는 것을 가장 가치 있는 것으로 여겨야 한다네.
'잘'이란 말을 '아름답게'라든가 '옳게'라는 말로 바꾸어 놓는다면
어떻겠나? 그것도 움직일 수 없는 진리이겠지?

— 플라톤 《소크라테스의 변명, 크리톤, 파이돈, 향연》

대구에 있는 모 고등학교 교훈은 '잘 살자'이다. 고교시절 이
사실을 알고 우스꽝스럽다는 느낌이 들었다. 명색이 학교 교훈
이라면 진리, 정의, 사랑, 희망, 꿈, 미래 같은 것이어야지 촌스럽
게 그게 뭐냐는 생각이었다. 이 학교 다니던 친구한테 "그래, 공
부 열심히 해서 잘 먹고 잘 살아"라고 놀리곤 했다.

나이 들면서 이 교훈이 참 좋다는 생각을 가끔 한다. 세상에 철

학의 문을 처음 연 소크라테스(BC 470~399)가 이런 말을 했다기에 더 자주 그런 생각을 한다. 첫머리에 소개한 문장은 소크라테스가 사형을 선고받고 죽음을 기다릴 때 친구 크리톤이 새벽에 감옥으로 찾아와 해외 탈출을 권유하자 거부하며 했던 말이다. 이런 말도 더불어 했다.

"친구여, 대중이 우리에 관해 말하는 것에 신경을 곤두세울 것이 아니라, 우리가 염려해야 할 것은 정의와 불의에 관한 전문가의 견해를 존중하는 것이 아니겠나? 그 사람이 한 사람뿐이라도 말일세. 진리 자체가 말하는 것을 존중해야 한다는 것일세."

소크라테스는 2400년 전에 살다간 철학자다. 역사에 위대한 이름을 남겼지만 세계 최고 문명 도시 아테네의 분위기와 어울리는 사람은 아니었다. 제대로 씻지도 않는 데다 외모는 볼품이 없었으며 남에게 자꾸 난처한 질문을 던져 기분 나쁘게 하는 성가신 존재였다. 그러나 엄청난 카리스마와 지성의 소유자임은 누구나 인정했다. 아고라(광장)를 돌아다니며 문답식으로 청년들을 주로 가르쳤다. 70세에 이른 그가 재판을 받게 된 죄목은 '아테네의 신을 무시한 채 자신의 새로운 신을 내세웠으며 청년들에게 국가 조직에 맞설 것을 부추겼다'는 것이었다. 전형적인 정치 공안사범인 셈이다. 그의 법정 발언(변명), 탈출 권유(크리톤), 사형 집행(파이돈) 등을 현장에 있던 젊은 제자 플라톤 등이 기록했다는 것이 이른바 '대화편'이다.

소크라테스의 마지막 모습을 통해 인간은 어디서 와서 어디로 가는지, 왜 사는지, 어떻게 살아야 하는지를 배울 수 있다. 지혜를 사랑하는 것을 철학이라 부르는 이유를 새삼 확인할 수도 있다. 법정에서 소크라테스는 자신의 무죄 이유를 길게 조목조목 설명한다. '변명'이 그것이다. 그는 지금까지 살아오면서 부끄러움을 느끼지 않았느냐고 스스로 물으면서 이렇게 답한다.

"조금이라도 품위를 가지고 있는 사람이라면 어떤 일을 할 때 그것이 옳은 일인가 옳지 않은 일인가, 선량한 사람이 할 일인가 악한 사람이 할 일인가 하는 것만을 생각해야 하며, 그 일을 하면 살게 되느냐 죽게 되느냐 하는 것을 생각해서는 안 됩니다."

철학자답게 지혜에 대한 갈구를 전한다.

"제 목숨이 붙어 있는 한, 그리고 제가 할 수 있는 한 지혜를 사랑하고 추구하는 일을 결코 중지하지 않을 것입니다. 저는 여러분에게도 그렇게 하라고 권고하며 여러분을 만날 때마다 언제나처럼 저의 생각을 전할 것입니다."

고개 좀 숙이고 자신에게도 잘못이 있다는 식의 발언을 했다면 무죄가 나올 수도 있었다고 한다. 선고 결과는 유죄(배심원 500명 중 유죄 280표, 무죄 220표)에다 사형(배심원 투표 사형 360표)이었다. 소크라테스는 사형 선고가 떨어지자 이렇게 말한다. 최후 진술인 셈이다. 당당함이 하늘을 찌른다.

"저는 위험에 처해 있다 하여 비굴한 짓을 해서는 안 된다고 생각합니다. 제가 저의 방식대로 변명한 데 대해 지금도 후회하지 않습니다. 저는 다른 사람들과 같이 비굴한 태도를 취함으로써 살아남기보다는 저의 방법을 선택함으로써 죽는 편이 훨씬 낫다고 생각합니다."

소크라테스는 친구 크리톤의 거듭되는 해외 탈출 권유에 '옳음'을 강조한다.

"자네 말을 따라야 할 것인지 검토해 보세. 어느 누구의 말에도 따르지 않고 언제나 내 이성이 옳다고 판단하는 것만을 따르는 것이 나의 방식일세. (중략) 남들의 의견은 무조건 존중하는 것이 아니라 그중에 존중할 만하다고 생각되는 몇몇 가지만 존중해야 한다고 말하는 것이 옳지 않겠는가?"

그는 또 크리톤에게 친구들이나 제자들이 추진할 수도 있는 보복에 대해 옳지 않다고 특별히 강조한다.

"우리가 억울한 일을 당하더라도 우리는 대다수 사람들처럼 악으로써 보복을 해서는 안 된다네. 어떤 경우에도 악을 행해서는 안 되니까 말일세."

소크라테스는 사형 선고 한 달쯤 뒤 죽음을 맞이했다. 비통해하는 아내 크산티페를 내보낸 뒤 그곳에 모인 친구들과 철학적 담론을 나눈다. 주제는 철학자의 죽음, 사후 육체와 영혼의 분리 문제였다. 저녁 무렵 슬퍼하는 친구들을 질책하며 목욕을 끝내고 세 아들을 면담한 뒤 조용히 독배를 들었다. 그는 마지막 순간 이런 말을 남기고 눈을 감았다.

"오! 크리톤, 아스클레피오스에게 내가 닭 한 마리 빚진 것이 있네. 기억해 두었다가 꼭 갚아주게."

지금, 그의 죽는 모습을 칭송하거나 미화하려는 게 아니다. 죽음을 숙명처럼 담담하게 받아들이는 철학자의 모습이 멋있게 보이기는 하다. 그러나 죽음은 누구에게나 두렵다. 그래서 가급적, 아니 온갖 방법을 동원해서라도 피하고 싶어 한다. 하지만 우리는 소크라테스라는 철인의 죽음을 통해 '잘' 사는 법을 배울 수 있다.

'잘' 살았으니 멋지게 죽을 수 있는 것이다. '잘' 살지 못했다면 결코 멋지게 '잘' 죽을 수 없다. 자신의 일생이 스스로 생각해도 부끄럽거나 죄스럽거나 남에게 큰 피해를 입혔거나 후회스럽다면 죽음이 얼마나 아쉽겠는가. 아쉬우니 두렵고 피하고 싶은 것이다. 죽음을 편안하게 맞이하려면 소크라테스처럼 '잘' 살아야 할 텐데, 그가 잘 산다는 의미를 '아름답게'와 '옳게'라는 말로 표현했다는 사실에 주목할 필요가 있다. 먼저 아름다운 삶을 생각해 본다. 여러 가지로 설명할 수 있겠지만 소크라테스에겐 자선 아닐까 싶다.

그는 청년들을 가르치는 데 일생을 바쳤다. 당시 아테네 사람들은 토론 및 연설 기술을 가르치는 소피스트에게 보내 자녀들을 교육했다. 그런데 학비가 무척 비쌌다고 한다. 하지만 소크라테스는 아고라에서 아무한테나 최고급 강의를 하고도 학비를 받지 않았다. 그는 이 점을 스스로 아름다운 삶이라 여기지 않았을까 생각된다.

옳은 삶 역시 여러 가지로 설명할 수 있겠지만 소크라테스는 권력에 굴하지 않고 평생 입바른 소리하며 살았다는 사실을 염두에 두지 않았을까 싶다. 그는 공직을 탐하지 않았다. 그가 가졌던 유일한 공직은 '평의회' 의원이었다. 그것도 유일하게 옳은 소리를 해댔기 때문에 잠시 하고 그만둬야 했다. '변명'에 나오는 자신의 회고담이다.

"여러분(재판관, 배심원 지칭)은 해전이 끝난 후 10명의 장군들이 해전에서 죽은 병사들의 시체를 바다로부터 끌어올리지 않았다는 이유로 한꺼번에 재판에 회부했습니다. 나중에 여러분이 인정한 것처럼 불법적인 일 처리였습니다. 그때 평의원 중에서 여러분에게 반대하여 법에 어긋나는 일을 해서는 안 된다고 주장하며 반대쪽에 투표한 것은 저 혼자뿐이었습니다."

누구나 옳은 삶을 살아야 한다고 말한다. "참되게, 바르게, 진실 되게, 선하게"라는 말을 덧붙이기도 한다. 옳게 살아야 성공하고 행복해진다는 말은 당연히 일리가 있다. 그런 경우를 많이 본다. 하지만 옳게 사는데도 인생이 고달픈 경우가 적지 않다. 자신의 이익과 반대로 가는 경우가 많아서다. 그래서 좋은 게 좋다는 식으로 적당히 타협하는 사람이 많다. 불의를 보고도 슬쩍 눈

감으려 한다. 옳음을 추구하는 사람에게 오히려 유연성이 떨어진다며 평가절하하는 분위기마저 있다. 소크라테스가 알면 "2400년 세월이 흘렀는데도 아직도 그렇게 사느냐"라고 혀를 찰 것 같다.

유기농의 아버지라 불렸던 풀무원 농장 창업자 원경선은 아들이 국회의원이 되자 이런 문구가 적힌 액자를 만들어 사무실에 걸어놓도록 했단다.

"좋은 것이 좋은 것이 아니라 옳은 것이 좋은 것이다."

아들은 옳음과 유연성을 겸비하고 품격 지키며 5선 의원을 지냈다.

거인들의 인생문장

02

유머로 최고의
인생을 가꾸다

영국 수상인 저는 미국 대통령에게
숨기는 것이 하나도 없습니다.

– 도미니크 엔라이트 《위트의 리더 윈스턴 처칠》

　영국 수상을 지낸 윈스턴 처칠(1874~1965)은 유머와 재치의 달
인이었다. 위에 소개한 문장은 그가 미국을 방문했을 때 루스벨
트 대통령에게 했다는 유머다. 루스벨트가 백악관에 마련된 처
칠의 침실을 방문했다가 벌거벗은 상태로 욕실에서 나오던 처칠
을 발견하고는 황급히 돌아섰다. 그때 처칠이 큰소리로 이렇게
말했다는 것이다. 당황스런 상황을 재치로 수습하는 동시에 순
간 "나는 당신에게 비밀이 없으니 당신도 나에게 솔직하게 말하
시오"라는 정치적 메시지까지 던졌다는 평가다.

처칠은 아버지가 하원의장을 지낸 정치 명문가 출신이어서 군 생활과 정치 활동에 가문의 도움이 컸지만 타고난 근면성과 용기 독서력 유머가 성공에 큰 몫을 했다. 특히 그의 탁월한 유머 구사 능력은 정치 활동에 큰 활력소가 되었다. 그의 또 다른 유머 두 가지만 소개한다.

사례 1

처칠이 하원의원 선거에 출마했을 때 상대 후보는 거칠게 인신 공격을 했다. 처칠에게는 매일같이 늦게 일어나는 잠꾸러기라며 이런 사람을 의회에 보내서야 되겠느냐고 목소리를 높였다.

그는 이렇게 응수했다.

"여러분도 나처럼 예쁜 아내와 함께 산다면 아침에 결코 일찍 일어나지 못할 것입니다."

연설회장은 웃음의 도가니로 변했다. 한참 세월이 흘러 수상 재임 때 의회에 늦게 도착한 처칠은 겸연쩍어하며 이렇게 말했다.

"예쁜 아내와 함께 사는 사람은 일찍 일어나기 힘듭니다. 앞으로는 회의가 있는 날엔 각방을 쓰겠습니다."

회의장엔 폭소가 터졌다.

사례 2

의회에서 노동당과 보수당이 대기업 국유화를 놓고 설전을 벌일 때였다. 정회 중 처칠이 화장실에 갔다. 소변기가 하나 딱 비어있었는데 국유화를 강력히 주장하는 노동당 당수 애틀리의 바로 옆자리였다. 처칠은 다른 자리가 날 때까지 기다렸다. 이를 본 애틀리가 한마디 했다.

"제 옆에 빈자리가 있는데 왜 안 쓰니까? 혹시 저한테 불쾌한 일이라도 있나요?"

처칠이 대답했다.

"천만에요. 그냥 겁이 나서 그럽니다. 당신은 뭐든 큰 것만 보면 국유화하자고 주장하는데 혹시 제 것을 보고 국유화하자고 달려들면 큰일이다 싶어서요."

화장실은 웃음바다가 되었다.

처칠은 후회 없는 인생을 살다간 사람이다. 하원의원과 장관, 수상을 지내면서 영웅적인 인생을 가꾸었다. 바쁜 정치 활동 중에도 화가로서 능력을 발휘하는가 하면 저술가로도 활동해 노벨문학상까지 받았다. 영국인들에게 '가장 자랑스런 영국인이 누구냐'라고 물으면 뉴턴과 셰익스피어를 제치고 1위를 차지한다니 참으로 성공한 인생이다. 결혼 생활도 비교적 원만했으며 큰병 없이 91세까지 장수했으니 이보다 더 큰 행복이 어디 있겠는가. 90세를 바라보던 노년기에 어떤 기자가 처칠에게 물었다.

"만일 한평생을 다시 살 수 있는 기회가 주어진다면 어떻게 살고 싶습니까?"

그는 이렇게 답했단다.

"인생을 다시 산다 해도 지금의 인생과 별 차이가 없을 것입니다."

멋지고 당당하게 살았음을 스스로 고백한 셈이다. 그러나 어린 시절 처칠은 우등생이 아니었다. 아니, 열등생이었다. 중고교 과정인 해로우 스쿨에 다닐 때 최하위 열등반에 배치받았으며 전교에서 꼴찌 경쟁을 하는 수준이었다. 학교 부적응자에다 낙제생이어서 가문의 수치였다. 아버지는 아들이 법률가가 되길 바랐지만 일찌감치 포기하지 않으면 안 되었다. 처칠이 잘하는 건 에세이 쓰기가 거의 유일했다.

그는 육군사관학교 진학을 준비했다. 그러나 두 번이나 떨어지고 세 번째에 겨우 합격할 수 있었다. 합격을 위해 전문 학원에 다녀야 했다. 이 학원은 육사 시험 출제위원회 위원들의 심리를 파악할 정도로 고급 정보가 많아 족집게로 통했다. 가정 형편이 어려웠다면 합격하지 못했을지도 모른다. 육사를 졸업하고 기병대 장교로 임관한 처칠은 아버지의 배경을 십분 활용해 전 세계 여러 곳에서 참전 경험을 쌓았다. 육사 동기들의 시기 질투는 감수하는 수밖에 없었다. 글쓰기에 관심이 많아 종군기자 자격을 얻어 전장 체험을 즐기기도 했다.

처칠은 보어 전쟁 참전 중 포로가 됐다가 탈출에 성공하는 바람에 전쟁 영웅으로 불리며 일약 스타가 되었다. 보어 전쟁이란 남아프리카 지역 네덜란드계 백인인 보어인과 영국인 간의 치열했던 전쟁을 말한다. 처칠의 나이 불과 25세 때 일이며, 그 덕분에 이듬해 하원의원 선거에 당선되었다. 처칠은 탁월한 연설가다. 수상에 취임해 제2차 세계대전 승리를 독려하는 대국민 연설을 자주 했다.

"우리는 해안에서도 싸울 것이고 육지에서도 상륙지에서도 싸울 것이고 들판에서도 싸울 것이며 거리에서도 싸울 것이고 언덕에서도 싸울 것입니다."

이렇게 외친 다음 옆에 있는 동료에게 단호한 표정으로 말했다.

"또한 우리는 가진 것이라곤 깨진 맥주병밖에 없더라도 그것으로 싸울 것입니다."

처칠 연설의 특징은 뛰어난 공감 능력이다. 언젠가 그는 연사와 청중의 관계에 대해 이렇게 말했다고 한다.

"청중을 감정으로 설득하려면, 그래서 통찰력을 제공하려면 연사 자신이 자기 감정에 스스로 동요되어야 합니다. 청중의 의분을 불러일으킬 때 그의 가슴은 분노로 가득 차 있어야 하고, 청중이 눈물을 흘리게 하려면 그 자신이 먼저 눈물을 흘려야 합니다. 또 청중에게 확신을 주려면 연사가 먼저 스스로를 믿어야 합니다."

그의 유머 능력도 이와 무관하지 않다. 상대방의 마음을 정확히 읽어야 적기에 재치 있는 말이 튀어나오는 법이다. 처칠은 북

아프리카 전장을 지휘하던 몽고메리 장군이 독일군에 대대적인 공세를 취하지 않는 데 불만을 표시한 적이 있다. 그 뒤 육군 참모총장이 된 몽고메리 장군이 처칠을 만난 자리에서 어색함을 피하고자 농담을 건넸다.

"저는 음주와 흡연을 하지 않는 100% 괜찮은 사람입니다."

처칠은 이렇게 맞받아쳤다.

"저는 음주도 하고 흡연도 하는 200% 괜찮은 사람입니다."

처칠 같은 위인이나 정치인이 아닌, 우리네 보통 사람들에게도 유머는 필요하다. 일상생활에 특급 윤활유가 된다. 하루 종일 같이 있으면서 유머 한마디 없이 점잔 빼는 사람을 생각하면 어딘가 답답하지 않은가.

"유머 감각이 없는 사람은 스프링 없는 마차와 같다. 길 위의 모든 돌멩이에 부딪힐 때마다 삐걱거린다."(헨리 워드 비처)

"유머 감각이 없는 사람에겐 누구라도 가급적 접촉을 피하고 싶어진다."(말콤 쿠슈너)

특히 많은 사람이 장시간 함께 일하는 직장에선 유머 능력이 큰 도움이 된다. 누군가 가끔이라도 유머를 구사하면 사무실 분위기가 화기애애해진다. 고단함과 짜증이 일순간 사라지게 할 수 있는 사랑의 묘약이다. 조직의 리더에겐 더 말할 필요도 없다. 구성원들에게 단합을 도모하고 자신감과 창의력을 키우는 촉매제 역할을 하기 때문이다. 유머를 구사할 줄 아는 사람이 리더로 성장할 가능성이 높고 그런 리더가 좋은 실적을 낼 수 있다.

요즘 연애 현장이나 결혼 시장에서 유머 능력을 중시하는 것은 우연이 아니다. 연인이나 배우자의 직업이나 수입, 외모보다 성격이 더 중시되는 세상이다. 성격에서 중요한 비중을 차지하는 게 유머 감각 아닐까 싶다. 점잖은 남편, 얌전한 아내보다 쾌활하고 유머 능력을 갖춘 사람이 건강한 가정을 이루는 데 도움이 될 것이다. 유머를 타고난 능력으로 생각하는 사람이 많지만이는 착각이다. 부모로부터 물려받는 능력은 더더욱 아니다. 말하길 좋아하고 말주변 좋은 사람이 유머 구사에 유리한 건 분명하다. 하지만 유머는 누구나 배워서 익힐 수 있는 삶의 기술인것도 분명한 사실이다.

모든 것이 그렇지만 노력으로 안 되는 게 없다. 코미디 황제 찰리 채플린은 처음 일을 시작할 때 "저렇게 유치한 코미디가 어디 있느냐"고 혹평을 받았지만 피나는 노력으로 오래지 않아 1인자가 되었다. 처칠이라고 처음부터 유머 달인이었을까. 아니다. 꾸준한 독서가 큰 도움이 되지 않았을까 싶다. 그는 위인 명언집, 특히 고전 명언집을 즐겨 읽었다. 《나의 청춘》이란 제목의 자서전에서 그는 이렇게 회고했다.

"충분한 교육을 받지 못한 사람들에게는 인용문을 모은 책도 나쁘지 않다. 바틀릿의 '인용문 모음집'은 썩 괜찮은 책이어서 나는 음미하면서 골똘히 연구하기도 했다. 기억에 새겨진 인용문은 좋은 생각을 줄 뿐 아니라 그 저자의 책을 찾아서 읽고 더 많은 것을 알고 싶게 만든다."

처칠은 이런 노력을 바탕으로 엄선된 표현을 기억해뒀다가 적기에 자기 스타일의 경구를 끊임없이 구사했다. 우리도 멋있는 문구나 표현을 외워두었다가 가끔 써먹어 보자. 뭔가 좀 있어 보이지 않을까.

03
내면이 더
아름다운 여배우

기억하라 / 만약 네가 도와줄 수 있는 손이 필요하다면 /
너의 팔 끝에 달린 손을 이용해라 / 네가 더 나이를 먹는다면 /
너의 손이 두 개란 걸 알게 될 것이다 / 한 손은 너 자신을 위한 손이고 /
다른 한 손은 남을 위한 손이다.

– 알렉산더 워커《아름다운 인생 오드리 헵번》

영화 '로마의 휴일'과 '티파니에서 아침을' 주연 배우로 유명한
오드리 헵번(1929~1993)은 1950~1960년대 할리우드를 대표하
는 미녀 배우였으며 온갖 유행을 창조하는 대중문화 아이콘이었
다. 한동안 그가 '만인의 연인'이라 불린 이유는 아름다운 외모
때문만이 아니다. 유엔 어린이 구호단체인 유니세프 친선대사로
왕성하게 활동하며 자선의 진면목을 보여줬기 때문이다. 최빈국

들을 찾아다니며 죽음의 공포에 떠는 아이들을 정성껏 보살피는 모습에 전 세계인들이 힘찬 박수를 보낸 것이다. 참으로 성공한 인생이다.

서두에 소개한 문장은 헵번이 평소 특별히 좋아했던 샘 레벤슨의 시 '시간이 일러주는 아름다움의 비결' 일부다. 헵번은 죽기 꼭 한 달 전인 1992년 크리스마스이브를 맞아 아들 숀 페러에게 이 시어를 전했다. 자신의 나이 63세, 아들 나이 32세 때였다. 결장암이 죽음을 재촉하고 있을 즈음 병상에서 되뇌었으니 유언이나 마찬가지다. 이 시의 멋진 앞부분을 마저 소개하지 않을 수 없다.

"매혹적인 입술을 갖고 싶으면 / 친절한 말을 하라 / 사랑스러운 눈을 갖고 싶으면 / 다른 사람의 좋은 점을 보아라 / 날씬한 몸매를 갖고 싶으면 / 네 음식을 배고픈 사람들과 나눠라 / 윤기나는 머리카락을 갖고 싶으면 / 하루에 한 번 아이의 손으로 쓰다듬게 하라 / 아름다운 자세를 갖고 싶으면 / 네가 결코 혼자 걷지 않을 것임을 명심하면서 걸어라."

헵번은 화려한 인생을 살았다. 어린 시절 아버지가 홀연히 집을 나가는 바람에 홀어머니 손에 자랐지만 경제적으로 궁핍하지는 않았다. 발레리나를 꿈꾸며 무용학원에 다녔으나 모델을 거쳐 영화배우가 되었다. 24세 때 출연한 로맨스 영화 '로마의 휴일'은 헵번을 단숨에 할리우드 스타로 만들었다. 이 영화로 아카데미 여우주연상을 받았으며 이후 에미상, 그래미 어워드, 토니

상까지 받아 초특급 배우로 등극했다.

영국 국적의 아버지와 네덜란드 출신 어머니를 둔 헵번은 벨기에서 태어나 미국에서 주로 활동한 덕분에 다양한 언어를 구사할 수 있었다. 영어, 네덜란드어, 프랑스어, 이탈리아어, 독일어에 능숙했으며, 스페인어도 조금 할 수 있었다. 이는 연기나 인터뷰를 하는 데 큰 도움이 되었다. 그녀는 두 번 결혼해서 두 번 이혼했다. 사랑에 성공했다고 볼 수도 있고, 실패했다고 볼 수도 있겠다. 두 남편에게서 하나씩 얻은 두 아들을 바쁜 와중에도 정성 들여 키웠다. 화려하고 자유분방한 영화계 생활을 즐기면서도 정숙함을 지키고자 부단히 노력한 이유다. 특히 키스신과 베드신을 신중히 하려 했다. 전기작가 알렉산더 워커는 히치콕 감독이 영화 '노 베일 포 더 저지'을 제작할 때 접한 헵번의 인상을 다음과 같이 전했다.

"사실 히치콕 감독은 여자를 싫어하는 사람이었다. 그는 배우들을 크게 아끼지도 않았으며 여배우들은 특히 주의가 더 필요하다고 생각했다. 그러나 오드리(헵번)를 캐스팅하면서 그는 외모와 예의 면에서 교양 있는 여성, 할리우드식으로 표현하면 '상류계급'에 속하는 오드리에게 완전히 매혹당했다. 오드리의 예절 바른 겉모습 안에는 관능적인 부분이 숨겨져 있을지도 모른다고 생각했다."

헵번은 배우의 사생활 보호를 주장하는 당당함도 겸비했다.

그것이 품격이라고 생각한 것 같다. 역시 워커의 묘사다.

"이때(1951년)부터 죽을 때까지 오드리는 자신의 인생에서 단호하게 공과 사를 가렸다. 그녀는 자신이 출연한 작품을 홍보할 의무가 있었다. 그녀는 양심적으로 그 의무를 인정했다. 그러나 영화 이외 자신의 인생은 완전히 다른 문제였다. 그녀는 자기 방식대로 살았고 자신의 삶을 침해하는 호기심으로부터 자신을 지켰으며 영화를 찍지 않는 동안에는 기자들에게 가능한 한 이야기를 하지 않았다."

헵번은 1970년대부터 활동을 줄이다 88년 은막에서 은퇴했다. 59세 때다. 그녀는 곧바로 유니세프 친선대사가 되어 자선 봉사활동에 나섰다. 1년에 1달러 이외에 어떤 보수도 받지 못하는 자리였으며 활동 비용은 대부분 자기 지갑에서 꺼내 써야 했다. 그녀는 지명도가 아주 높았기에 제3 세계 구호 여행과 선진국에서의 후원금 모금 활동은 유니세프에 엄청난 도움이 되었다. 헵번은 4년여 동안 최빈국, 혹은 재난 지역을 50회 이상 다녀왔으며 다녀오자마자 북미와 유럽지역을 돌며 후원금 약정을 받아냈다. 헵번의 열정적인 봉사활동은 많은 사람에게 사랑의 영감을 주었다. 스타 유명인들에게 칭송 받는 건 당연한 일이었다. '로마의 휴일'에서 남자 주인공을 맡았던 그레고리 펙의 멋진 회상이다.

"이것은 분명합니다. 공주가 마침내 여왕이 되었습니다. 영화에서뿐만이 아니라…."

우리나라에도 연예인들의 국내외 봉사활동과 자선이 줄을 잇고 있다. 돈과 명성의 크기에 상관없이 가히 경쟁적으로 시간과 물질을 내놓고 있다. 김혜자, 안성기, 션과 정혜영 부부, 차인표와 신애라 부부, 김혜수, 이보영, 원빈은 특히 눈에 띈다. 바람직한 현상이다. 이들의 활동은 일반인들에게 선한 영향력을 끼칠 것이 분명하다.

봉사와 자선은 남을 사랑하는 가장 직접적인 표현이다. 자기혼자 잘 먹고 잘 사는 것도 행복일 수 있다. 하지만 남을 사랑하지 않는 행복은 사상누각이다. 그 행복, 언제 뿌리 뽑힐지 모른다. 그럴진대 봉사와 자선을 영영 외면할 수는 없다. 그럼에도 그것을 실천하는 사람은 실천하지 않는 사람보다 훨씬 많다. 자신의 행복을 원하지 않아서일까. 그럴 리는 없다. 왜 그럴까. 실천이 말처럼 쉽지 않기 때문이다. 시간과 돈은 누구에게나 소중하다. 선뜻 내놓기 어려운 귀한 소유물이다.

오드리 헵번 얘기로 돌아가 보자. 은퇴한 그녀에겐 당연히 최고의 안락이 기다리고 있었다. 스위스에 마련한 집은 천상의 주거지였다. 고급 저택에서 멀리 알프스산을 바라보며 차를 마시고 넓은 정원을 거닐며 여유를 한껏 즐길 수 있었다. 비록 결혼을 두 번이나 실패했지만 자신에게 정성을 다하는 연인도 곁에 있었다. 하지만 그녀는 굳이 험하고 힘든 길을 택했다. 안전이 보장되지 않는 에티오피아, 소말리아 등지를 거침없이 다니며 기아와 전쟁으로 지친 아이들을 껴안고 사랑의 눈길을 전했다. 아이들을 만나서도 함께 울고, 기부자들을 만나서도 함께 울었다. 몸은 힘들었지만 그녀 마음은 평안하지 않았을까. 지친 아이들에게 희망과 용기를 주면서 자신도 큰 행복감을 느끼지 않았을까 싶다. 그렇다. 봉사와 자선은 자기 자신에게 행복을 안겨준다.

"삶은 봉사의 현장이다. 봉사하는 삶은 힘들지만 얻는 기쁨이 훨씬 더 크다."

레프 톨스토이가 가르쳐준 진리다. 제러미 벤담과 달라이 라마도 비슷한 말을 했다.

"다른 사람에게 베푸는 기쁨에 비례해서 자신의 기쁨이 쌓인다.", "남을 도울 때 가장 덕을 보는 것은 자기 자신이고 최고의 행복을 얻는 것도 자기 자신이다."

나는 봉사와 자선에 영 자신이 없다. 국제 구호기구 한 군데 매월 소액 기부하는 것 빼고는 아무것도 하는 게 없다. 코로나 탓에 밖으로 나다닐 일이 적다 보니 길거리 노숙자에게 동전 한 닢 건넬 기회조차 없다. 내면이 아름다운 배우 헵번이 들으면 이렇게 꾸중할 것 같다.

"당신의 두 손 가운데 한 손은 무조건 도움받을 사람들을 위해 쓰세요. 핑계 대지 말고 지금 당장 도움의 손길을 내미세요."

04
소박하고 단순한
삶의 행복

내가 무엇보다 소중하게 여기는 것은 얽매임이 없는 자유이다.
경제적으로 풍족하지 않더라도 나는 행복하게 살아나갈 수 있으므로
값비싼 양탄자나 호화 가구들, 맛있는 요리, 또는 새로운 양식의
고급 주택 등을 살 돈을 마련하는 데에 내 시간을 허비하고 싶지 않았다.

– 헨리 데이비드 소로우 《월든》

미국의 매사추세츠주 콩코드에서 2.5km 정도 떨어진 곳에 월
든이라는 작은 호수가 있다. 1845년 7월, 하버드대 출신 28세 청
년이 문명을 등지고 이 호숫가 숲 속에 직접 오두막 집을 지어
입주했다. 진정한 자유주의자 헨리 데이비드 소로우(1817~1862)
가 바로 그다. 소박하고 원시적인 생활을 통해 인습에 구애받지
않는 새로운 삶을 체험해보기 위해서였다.

호숫가 생활은 2년 2개월간 지속되었으며, 당시 경험과 생각을 책으로 펴낸 것이 불후의 명작《월든》이다. 소로우는 손수 나무를 베어 집을 짓고 밭을 일구고 물고기를 잡으면서 자연과 인간에 대해 깊이 성찰하는 기회를 가졌다. 이후에도 철학자이자 시인으로서 인간 사회의 각종 제약이나 구속에서 벗어나 자유롭게 사는 방법을 탐색했다. 부와 명성을 쌓을 수 있는 능력을 가진 청년이 왜 이런 삶을 선택했을까? 인간의 참다운 길, 진정 행복한 길을 찾고 싶었기 때문이다. 소로우는《월든》에서 이렇게 설명했다.

"내가 숲속으로 들어간 것은 인생을 의도적으로 살아보기 위해서였다. 다시 말해 인생의 본질적인 사실들만을 직면해보려는 것이었으며, 인생이 가르치는 바를 내가 배울 수 있는지 알아보고자 했던 것이다. 그리하여 마침내 죽음을 맞이했을 때 내가 헛된 삶을 살았구나 하고 깨닫는 일이 없도록 하기 위해서였다."

그가 봤을 때 당시 미국 사람들은 집과 재산과 일의 노예였다. 그것에 얽매여 자유를 박탈당하는 바람에 삶의 여유를 갖지 못한다는 결론을 내렸다. 직접 지은 그의 오두막집 건축비는 28달러 남짓이었다. 자신이 졸업한 하버드대 1년 기숙사비(30달러)보다 적은 돈으로 평생 살 수 있는 집을 마련한 셈이다. 소로우는 사치스러운 생활보다 간소하고 결핍된 생활이 더 지혜롭고 행복하다고 봤다. 호화 유람 열차를 타고 매연을 마시며 천국에 가는 것보다 소달구지에 올라 신선한 공기를 마시며 땅 위를 돌아다니는 것이 더 좋다고 말한 그다.

"대부분의 사치품과 이른바 생활 편의품 중 많은 것들은 꼭 필요한 물건들이 아닐 뿐만 아니라 생활 향상에 방해가 된다. 가장 현명한 사람들은 항상 가난한 사람들보다도 더 간소하고 결핍된 생활을 해왔다. 중국, 인도, 페르시아 및 그리스의 옛 철학자들은 외관상으로는 그 누구보다도 가난했으나 내적으로는 누구보다도 부유한 사람들이었다."

"간소하게 간소하게 간소하게 살라! 제발 바라건대, 여러분의 일을 2가지나 3가지로 줄일 것이며, 백 가지나 천 가지가 되도록 하지 말라. 백만 대신에 다섯이나 여섯까지만 셀 것이며, 계산은 엄지손톱이 할 수 있도록 하라."

소로우는 소박하고 단순한 삶이 얼마나 그리웠던지 대다수 보통 사람들한테 고달프게 비치는 날품팔이 직업을 칭송하기까지 했다.

"나는 개인적으로 날품팔이가 가장 자유로운 직업이라는 생각을 한다. 이 직업은 한 사람 먹고사는 데 1년에 30일 내지 40일만 일하면 된다. 게다가 그의 일과는 해가 지는 시점에 끝나며, 그 후의 시간에는 자기 노동과 관계없이 하고 싶은 일을 마음대로 할 수 있다. 그러나 항상 이 궁리 저 궁리를 해야 하는 고용주는 1년 내내 숨 돌릴 틈이 없는 것이다."

2년여 동안의 오두막살이 경험에서 그는 두 가지를 특별히 배웠다고 했다. 하나는 월든 호수처럼 위도가 꽤 높은 곳에 살면서도 필요한 식량을 얻는 데 믿을 수 없을 만큼 적은 노력밖에 들지 않는다는 것이고, 다른 하나는 사람이 동물처럼 단순한 식사를 해도 체력과 건강을 유지할 수 있다는 것이다. 큰 욕심을 부리지 않는다면 호구지책은 얼마든지 가능하다는 결론이다.

《월든》은 1854년 발표 당시엔 별 호응을 얻지 못했다. 현실도피적 전원생활의 일상을 정리한 산문집 정도로 평가받았다. 하지만 20세기 들어 자연주의 사상가와 환경론자들에게 폭발적인 관심을 끌었다. 우리나라 대표적 선승인 법정(1932~2010)도 그중 한 사람이다. 자연과 더불어 살다간 법정은 평생 무소유를 말하고 실천했다. 그의 생각과 말, 그리고 삶은 소로우의 그것과 일맥상통한다.

"무소유란 궁색한 빈털터리가 되는 것이 아니다. 무소유란 아무것도 갖지 않는다는 것이 아니라 불필요한 것을 갖지 않는다는 뜻이다. 무소유의 진정한 의미를 이해할 때 우리는 보다 홀가분한 삶을 이룰 수 있다. 우리가 선택한 맑은 가난은 부보다 훨씬 값지고 고귀한 것이다. 이것은 소극적인 생활 태도가 아니라 지혜로운 삶의 실천이다."

소로우가 추구한 삶은 단순히 경제적인 소박함만이 아니다. 인생 전반의 소박함이다. 세속적 성공을 위해, 행복을 찾는다는 이유로 자신의 모든 것을 바치는 어리석음을 지적한 것이다. 세상의 평가와 출세지향적 사고에서 벗어나 자신의 참모습을 발견해야 비로소 행복해진다는 메시지를 전하고자 했다.

"왜 우리는 성공하려고 그처럼 필사적으로 서두르며, 그처럼 무모하게 일을 추진하는 것일까. 어떤 사람이 자기 또래들과 보조를 맞추지 않는다면, 그것은 아마 그가 그들과는 다른 고수의 목소리를 듣고 있기 때문일 것이다. 그 사람으로 하여금 자신이 듣는 음악에 맞추어 걸어가도록 내버려 두라. 그 목소리의 음률이 어떻든, 또 그 소리가 얼마나 먼 곳에서 들리든 말이다. 그가 꼭 사과나무나 떡갈나무와 같은 속도로 성숙해야 한다는 법칙은 없다."

소로우는 레프 톨스토이, 마하트마 간디 등을 감동케 했다는 또 다른 저서 《시민의 불복종》에서도 주체적인 삶의 중요성을 특별히 강조했다. 세상의 잘못된 고정관념을 하루빨리 버려야 한다고 주장하는 사람의 당연한 생각인지도 모른다.

"나는 누구에게 강요받기 위하여 세상에 태어난 것은 아니다. 나는 내 방식대로 숨을 쉬고 내 방식대로 살아갈 것이다. 누가 더 강한지는 두고 보도록 하자."

소로우의 이런 사상과 저술은 최근 들어 더욱 각광받는 분위기다. 그의 핵심적 가르침인 단순한 삶과 자기 주도적인 삶은 행복의 필수 요건이라 할 수 있다. 사실 이 둘은 동전의 양면이다.

남을 지나치게 의식하는 사람은 단순하고 소박한 삶을 살기 어렵다. 자기 주도적 사고를 갖춘 사람이라야 가진 것이 작거나 적더라도 만족하며 행복하게 살 수 있다.

21세기 현시점에서 소로우의 월든 호숫가 생활을 일반화해서 칭송할 수는 없다. 현대 문명이 주는 혜택을 굳이 거부하며 가난과 결핍을 일부러 불러들일 필요는 없다. 주어진 풍요를 적절히 향유하는 것도 삶의 지혜다. 하지만 많고 큰 것, 화려한 것을 좇느라 진짜 자기한테 소중한 것을 놓쳐버리는 우를 범해서는 안 된다. 인생사란 본래 단순한 것인데 우리가 괜히 복잡하게 만든 것임을 자각할 필요가 있다. 고단한 삶을 자초하고 있다 해서 틀리지 않다. 그런 의미에서 요즘 유행하는 미니멀리즘 운동은 무조건 권장할 만하다. 너무 많은 물건, 너무 많은 전화, 너무 많은 약속, 너무 많은 일에서 해방되지 않으면 행복을 붙잡기 어렵다.

일본의 미니멀리스트 사사키 후미오는 단순한 삶의 효과가 12가지나 된다고 했다. 시간이 생긴다, 생활이 즐거워진다, 자유와 해방감을 느낀다, 남과 비교하지 않는다, 남의 시선을 두려워하지 않는다, 행동하는 사람이 된다, 집중력이 높아진다, 절약하고 환경을 생각한다, 건강하고 안전해진다, 인간관계가 좋아진다, 지금 이 순간을 즐긴다, 감사한 삶을 산다. 이런 삶이야말로 진정한 행복 아닐까 싶다. 서두에 소개한《월든》속 문장처럼 속박 없는 자유를 만끽할 수 있으니까 말이다. 여기서 경제적 결핍은 그다지 큰 장애가 되지 않는다. 문제는 개개인의 마음가짐이다. 소로우는 《월든》 결론 부분에서 이렇게 조언했다.

"당신의 인생이 아무리 비천하더라도 그것을 똑바로 맞이해서 살아나가라. 그것을 피한다든가 욕하지는 마라. 그것은 당신 자신만큼 나쁘지 않다. 당신이 가장 부유할 때 당신의 삶은 가장 빈곤하게 보인다. 흠을 잡는 사람은 천국에서도 흠을 잡을 것이다. 당신의 인생이 빈곤하더라도 그것을 사랑하라."

Chapter 8

진정한 행복을
원한다면

노자의 물처럼
부드럽게 사는 인생

가장 훌륭한 덕은 물과 같다. 물은 만물을 이롭게만 할 뿐 다투지 않고
주로 사람들이 싫어하는 곳에 처한다. 그러므로 도에 가깝다.
上善若水 水善利萬物而不爭 處衆人之所惡 故幾於道

– 최진석《나 홀로 읽는 도덕경》

서울 여의도 국회의사당 근처에 '수석'이란 대중음식점이 있
다. 한식집인데 꽤 정갈하면서도 푸짐하게 상을 차려주기에 한
때 자주 들르곤 했다. 간판을 한자로 '水石'이라 하고 작은 글씨로
'물처럼 돌처럼'이란 부제를 달았다. 이 간판을 처음 본 날 내 가
슴이 얼마나 출렁였는지 모른다. 상호가 마음에 딱 와 닿아서다.
나는 그 의미를 보강해 '물처럼 부드럽게 돌처럼 단단하게'란 문
장을 떠올려 보았다. 외유내강이란 뜻이겠다. 내심 아호를 '수석'

이라 정해보기도 했다.

물과 돌은 서로 비교되는, 아니 정반대되는 이미지다. 물은 부드러움 약함 곡선 여자 흐름 여유 변화 양보 느림 타협 친화력 등을 연상케 한다. 돌은 단단함, 강함, 직선, 남자, 고정, 원칙, 고집, 빠름, 추진력 같은 이미지를 갖고 있다.

세상을 살아가는 데 이 두 가지가 조화를 이루는 게 아마 편할 것이다. 한 가지에 지나치게 치우칠 경우 세상과 적응하기 어려울 것이란 생각마저 든다. 외유내강이 비교적 바람직한 유형의 품성으로 간주되는 이유 아닐까 싶다. 남에게 부담 주지 않으면서 자기 실속을 챙길 수도 있는 사람이라 여겨진다.

하지만 둘 중 하나를 고른다면 나는 주저 없이 물을 택할 것이다. 돌 같은 사람보다 물 같은 사람이 세상에서 더 환영받을 것 같고, 또 나 자신이 마음 편할 것 같은 생각이 들어서다. 경쟁이 불가피한 우리 사회에서 물과 돌이 맞붙으면 결국 물이 이길 것이란 생각도 든다. 다행히 2500년 전 중국에서 살다간 대사상가 노자가 내 마음을 읽기라도 한 듯 물을 크게 칭송했다. 서두에 소개한 글은 그의 유일한 저서《도덕경》제8장에 나오는 문장이다. 문장은 이렇게 이어진다.

"물과 같은 이런 덕을 가진 사람은 살아가면서 낮은 땅에 처하기를 잘하고, 마음 씀씀이는 깊고도 깊으며, 베풀어줄 때는 천도처럼 하기를 잘하고, 말 씀씀이는 신실함이 넘친다. 정치를 한다면 질서 있게 잘하고, 일을 할 때는 능력에 잘 맞추며, 거동할 때는 때를 잘 살핀다. 오로지 다투지 않으므로 허물이 없구나."

노자는 전설적인 인물이다. 사상적으로 그와 곧잘 비교되는 공자는 실존이 분명한 사람이지만 노자는 실존 자체가 불분명하다. 전래 설화와 사마천이 쓴 사기 등 옛 기록으로 실존을 추정할 뿐이다. 노자는 공자와 비슷한 시기, 혹은 약간 빠른 시기에 살았으며 소를 타고 허난성 관문인 함곡관 밖으로 나간 뒤 종적이 묘연해진 것으로 전해진다. 당연히 생몰 연도를 알 수가 없다.

관문 밖으로 나가면서 문지기에게 5000자로 된 책을 전했다는데 그것이 《도덕경》이란다. 총 81개 장(章)으로 구성된 이 책의 요지는 무위자연(無爲自然)이다. 무위자연이란, 노자 사상의 핵심으로 뭔가를 무리해서 하지 말고 순리에 따라 착실하게 행하라는 메시지다. 흔히 말하는 '자연으로 돌아가라'거나 '물러나서 쉬어라'는 뜻은 전혀 아니다. 잘못된 해석이다.

무위자연의 중심 개념은 곧 물 같은 삶이다. 물의 성질을 살펴보자. 우선 물은 항상 낮은 곳을 향한다. 높은 곳으로 흐르는 물을 단 한 번이라도 본적이 있는가. 겸손의 상징이다. 또 물은 다른 것과 부딪치면 곧바로 피해서 돌아간다. 절대 싸우는 법이 없고 화평을 도모한다. 물은 또 온갖 쓰레기와 오물을 끌고 내려간다. 자기 몸 더럽혀가며 주변을 정화한다. 한없는 포용이다.

그렇다. 겸손과 화평, 포용이 물의 특장이다. 이는 부드러움에서 비롯된다. 물이 부드럽다고 약하다 할 수 있겠는가. 돌처럼 단단하지 않지만 강력한 힘을 갖고 있다. 경쟁력이 결코 돌에 밀리지 않는다. 노자는 도덕경에서 물과 부드러움의 강점을 여러 차례 설파했다.

"부드럽고 약한 것이 굳세고 강한 것을 이긴다. 고기는 물을 떠나면 안 되고 나라의 날카로운 도구로 사람들을 교화하려 들면 안 된다."

– 제36장

"이 세상에서 가장 부드러운 것이 이 세상에서 가장 강한 것을 부린다. 형태가 없는 것은 틈이 없는 곳으로 들어간다. 나는 이런 이치로 무위가 얼마나 유익한 것인지를 안다."

– 제43장

"사람이 살아 있으면 부드럽지만 죽으면 뻣뻣해진다. 만물 초목도 살아 있으면 유연하지만 죽으면 딱딱해진다. 그러므로 뻣뻣한 것은 죽어 있는 무리이고 부드러운 것은 살아 있는 무리이다. 강대한 것은 하위에 처하고 유약한 것이 상위에 처한다."

– 제76장

"세상에서 물이 가장 유약하지만 공력이 아무리 굳세고 강한 것이라도 그것을 이겨내지 못한다. 그러므로 어떤 경우에도 이런 이치를 가벼이 보아서는 안 된다. 약한 것이 강한 것을 이기고 부드러운 것이 굳센 것을 이긴다."

- 제78장

노태우 전 대통령은 재임 초기 유약하다는 비판을 받으며 '물태우'라 불린 적이 있다. 민주화가 급진전돼 노동조합 조직과 학생 운동이 활성화되는 과정에 각종 시위가 잦았지만 공권력 대응을 자제한 데 대한 보수세력의 비판이었다. 그러나 노 대통령은 이런 비판에 크게 개의치 않았다. 국민들이 직전의 전두환 대통령, 더 멀리는 박정희 대통령의 강성 드라이브에 익숙한 나머지 느슨해진 사회 분위기에 적응하지 못해서 그렇다고 판단한 것이다. 노 대통령은 참고 기다리는 부드러운 리더십을 발휘했고, 그 결과 민주화를 정착시키는 데 기여했다. 정국이 안정됐기에 북방외교에 큰 업적을 남길 수도 있었다.

물만큼은 아니라도 풀도 부드러운 속성을 갖고 있다. 큰 나무 그늘에 가려 햇볕을 보지 못해도 불평이 없다. 바람에 쉽게 흔들리고 넘어지지만 말 없이 금방 일어선다. 김수영의 시 '풀'이 이 점을 잘 묘사했다.

"풀이 눕는다 / 바람보다도 더 빨리 눕는다 / 바람보다도 더 빨리 울고 / 바람보다 먼저 일어난다 / 날이 흐리고 풀이 눕는다 / 발목까지 / 발밑까지 눕는다 / 바람보다 늦게 누워도 / 바람보다 먼저 일어나고 / 바람보다 늦게 울어도 / 바람보다 먼저 웃는다 / 날이 흐리고 풀뿌리가 눕는다."

세상을 살면서 부드러움은 단단함에 비해 결코 나쁘지 않다. 아니, 더 좋다. 품성이 부드러운 사람에게는 향기가 난다. 자기 생각을 고집하지 않고, 말을 골라서 적게 하고, 고개 끄덕이며 조용히 미소 짓는다. 이런 사람에겐 품격이 느껴진다. 그래서 주변에 사람이 모인다. 강하지 않아도 카리스마를 얼마든지 확보할 수 있다. 부드러운 카리스마란 말이 왜 있겠는가. 권력이 없어도 권위를 가질 수 있는 이치와 같다.

가정에서도, 직장에서도 부드러운 사람이 칭송받는다. 부모가 자녀에게 막무가내 권력을 행사하기보다 온전히 사랑을 베풀 때 가정이 행복해진다. 직장에선 부드러운 이미지의 하급자가 상급자에게 더 많은 사랑을 받는다. 부드러운 성향의 상급자라야 하급자들에게 진심으로 존경받는다. 물 아빠, 물 부장이란 소리 들어도 괜찮다. 원칙과 중심만 지키면 된다.

노자는 물이 사람들이 싫어하고 이상하다고 여기는 곳에 이른다는 사실에 주목했다. 도덕경 제8장에 나온 그대로다. 동양 철학자 최진석은 이런 물의 속성에서 혁신과 창조의 정신을 찾아야 한다고 강조한다.

"노자의 눈에 비친 물은 경쟁하지 않습니다. 다투지 않는 물의 특성이 바로 그것이에요. 경쟁하지 않기 때문에 이미 있는 시스템 안에 끼어들기보다는 아무도 가지 않는 전혀 다른 길을 자신의 선택지로 삼습니다. 그러다 보니 다른 사람들이 이미 차지한 곳이 아니라, 다른 사람들에게는 아직 이상하고 어색하게 보이는 바로 그곳에 처하게 되는 것이죠. 그곳은 누구도 먼저 차지하려고 덤비는 곳이 아닙니다. 그 누구도 차지하려고 덤비지 않는 이상한 곳, 거기에서 혁신의 씨앗이 남몰래 자라는 것입니다."

요즘 유행인 '블루오션'을 노자가 말한 셈이다. 경쟁이 난무하는 시대에 살아남고자 '레드오션'에서 피 튀기는 삶을 영위하기보다 경쟁이 아예 없는, 넓고 푸른 바다로 나가는 게 정답이란 사실을 노자가 간파한 것이다. 그가 강조하는 상선약수(上善若水), 즉 물이 가장 훌륭하고 탁월하다는 주장은 그래서 옳다.

02
지금 이 순간을
온전히 즐겨라

나는 춤을 출 때 춤만 춘다. 잠을 잘 때는 잠만 잔다.
그리고 아름다운 과수원을 홀로 거닐다가 잠시라도
딴생각을 하게 되면 곧 내 생각을 바로잡아 다시 그 과수원에서의
산책으로, 그 고독의 감미로움으로, 그리고 나에게로 돌려놓는다.

– 미셸 드 몽테뉴《몽테뉴의 수상록》

미국 영화 '죽은 시인의 사회'(1990년 개봉)를 보면 명문 고등
학교에 새로 부임한 영어교사 키팅이 학생들에게 '카르페 디엠'
(Carpe diem)을 소리 높여 외친다. 미래의 성공을 준비하는 데
너무 매몰되지 말고, 현재 위치에서 자기 자신에게 좀 더 집중하
고 충실히 살라는 가르침이다.

카르페 디엠은 고대 로마 서정시인 호라티우스가 송가(Odes)

라는 시에 사용한 라틴어로, '바로 이 순간을 붙잡다'로 해석된다. 송가의 마지막 부분을 음미해보면 그 의미가 명확해진다.

"지금 우리가 말하는 이 순간에도 인생의 시간은 우릴 시기하며 흐른다네 / 바로 이 순간을 붙잡아야 하네 / 미래에 일어날 일은 최소한으로 신경 쓰시구려."

첫머리에 소개한 미셸 드 몽테뉴(1533~1592)의 문장을 읽으면 이 '카르페 디엠'이란 말이 곧바로 떠오른다. 단 한순간도 엉뚱한 생각에 사로잡히지 말고 지금 현재에 충실하고 즐기라는 조언이다. 사람들은 흔히 카르페 디엠을 '오로지 현재를 즐겨라'라는 의미로 사용하지만 그건 아닌 것 같다. 한동일 교수가 저서 《라틴어 수업》에서 한 지적이다.

"오늘 이 시간 세속적이고 육체적이며 일시적인 쾌락을 즐기라는 뜻이 아니라, 충만한 삶과 마음이 흐트러지지 않는 영혼의 평화로운 상태, 동양식으로 표현하면 안분지족(安分知足)을 의미한다. 매 순간 충만한 생의 의미를 느끼면서 살아가라는 경구다."

아무튼 몽테뉴는 현실에 충실하고 현재를 즐겨야 비로소 행복해진다고 생각했다. 현재 주어진 환경에 만족하는 것도 중요하다고 생각했다. 《수상록》의 다른 표현을 보면 알 수 있다.

"우리는 현재를 충실히 살아가지 못하고 언제나 그 너머를 향해 있다. 두려움과 욕망, 그리고 기대는 우리를 미래로 내던져 앞날을 그려보는 즐거움을 앗아가고 미처 깨닫기도 전에 현재의 시간을 흘려보내게 만든다. 미래에 대해 근심하는 영혼은 불행하다.”

“우리가 무엇을 알게 되고 무엇을 누리게 되든, 우리는 그것이 충분한 만족을 주지 못한다고 느끼며, 현재의 것이 적당함에도 언제나 미지의 미래를 좇는다. 그러나 실은 현존하는 것들이 충분하지 않아서가 아니라 우리가 마구잡이로 잘못 받아들이기 때문이다.”

이런 표현은 몽테뉴 자신의 삶의 확신에서 비롯된 것이다. 그가 이 작품을 발표한 것은 1580년, 47세 때였다. 공직을 그만두고 저술에 본격적으로 뛰어든 시기이다. 지나온 인생을 반추해보니 역시 '지금 현재'가 무엇보다 중요하다는 사실을 새삼 깨달은 것이다.

몽테뉴는 프랑스의 철학자이자 수필가다. 르네상스 문화가 유럽 전역에 꽃피우던 시기에 살았으며 우리나라로 치면 임진왜란이 일어나기 전, 율곡 이이가 활약하던 때다. 부유한 상인의 아들로 태어나 법률학을 공부한 뒤 보르도 재판소에서 법관으로 13년간 근무했다. 정치적 식견이 뛰어나 앙리 4세에게 여러 공직을 제의받았으나 사양하고 학문에 관심을 가졌다. 30대 후반에 영지를 상속받으면서 그때부터 저술에만 몰두하게 된다. 곧바로 시작한 게《수상록》집필이었다. 꼬박 10년간 인간과 세상을 탐구한 결과물이 바로《수상록》이다.

이 책의 원제목은 '엣세(Les Essais)'이다. '시도'라는 의미를 갖고 있으며 요즘 흔히 쓰는 '에세이'란 단어의 어원이다. 그는 인생에서 누구나 경험하는 수많은 상황과 조건에 대해 깊이 사유하고 성찰한 결과 이처럼 주옥같은 저서를 남겼다.

행복, 사랑, 명예, 학문, 우정, 대화, 취미, 나이, 슬픔, 질병, 죽음, 분노, 고독 등 인생사 모든 문제를 다룬 듯한 방대한 분량의 저서다. 후세의 루소와 니체 같은 철학자들, 셰익스피어와 에머슨 같은 문학가들에게 영감을 준 것으로 평가되는 걸작이다. 그가 살던 시기 프랑스엔 역마차가 오갔지만 500년이 지나 자율주행차가 다니는 지금 서울에서 읽어도 낯설지 않다. 몽테뉴는 덧없이 흘러가는 인생을 치열하게 살아야 진정으로 즐거운 인생이 될 수 있다고 말한다.

"삶을 즐기는 방법은 있다. 나는 인생을 남들의 2배로 즐겼는데 즐거움의 크기는 내가 얼마나 전심전력했는지로 측정할 수 있다. 그리고 내 인생이 얼마나 짧은지를 보는 지금 나는 즐거움에 더 깊이 잠기고 싶다. 민첩하게 달아나는 삶을 민첩하게 붙잡고 싶다. 서둘러 흘러가는 인생을 더 잘 활용함으로써 보상받고 싶다. 인생이 짧을수록 더 깊고 풍성하게 만들어야 한다."

우리네 보통사람들이 현재를 제대로 즐길 수 없는 것은 미래에 대한 불안과 걱정, 두려움 때문이다. 공부하는 학생들은 진로 문제, 젊은이들은 결혼과 육아 문제, 직장인들은 승진 문제, 중년 이후 어른들은 건강 문제로 저마다 걱정이다. 적당한 걱정은 나

뻘 것도 없다. 오히려 좋은 측면이 있다. 그것을 극복하고자 노력하는 과정에 생의 활기를 불러일으킬 수 있기 때문이다. 현재를 보다 충실하게 만드는 촉매제 역할을 할 수 있다. 문제는 걱정이 너무 많거나 커서 현재 생활이 불행하거나 건강을 해치는 수준에 이른 경우다. 그런데 대부분의 걱정은 괜히 쓸데없이 하는 것이다. 심리학자 어니 젤린스키가 재미있는 연구 결과를 내놨다. "우리가 하는 걱정거리의 40%는 절대 일어나지 않을 사건들에 대한 것이고, 30%는 이미 일어난 사건들, 22%는 사소한 사건들, 4%는 우리가 어찌할 수 없는 사건들에 대한 것들이고, 나머지 4%만이 우리가 대처할 수 있는 진짜 사건이다. 즉 96%의 걱정거리는 쓸데없는 것이다."(문신원 옮김,《느리게 사는 즐거움》)

성경에는 예수가 "내일을 걱정하지 마라. 내일 걱정은 내일이 할 것이다"라고 말한 것으로 기록되어 있다. 2000년 전에도 사람들이 미래를 걱정하느라 현재를 즐기지 못한다는 생각을 많이 한 것 같다. 위인들도 걱정하느라 인생을 낭비하지 말라고 이구동성으로 조언한다.

"나는 일생을 전혀 발생하지도 않은 일을 걱정하다가 헛되이 보냈다."
- 마크 트웨인
"문제의 해결책이 있다면 걱정할 필요가 없다. 해결책이 없다면 역시 걱정해도 소용없는 일이다."

- 달라이 라마

"과거는 이미 존재하지 않고 미래는 아직 닥치지 않았으며 존재하는 것은 오직 현재뿐이다. 현재 안에서만 인간의 영혼에 자유로운 신성이 나타난다."

- 레프 톨스토이

미래를 걱정하지 않고 현재를 즐긴다는 게 말처럼 쉬운 일은 아니다. 살아가는 순간순간을 스스로 개척해 나가야 하는 것이 인생이고, 그 과정에 치열한 경쟁이 개입되기 때문에 불안과 두려움은 불가피한 측면이 있다. 인간이 추구하는 돈과 명예와 권력이 거저 주어지는 것이 아니라 어차피 경쟁해서 쟁취해야 하는 것이다. 중요한 것은 마음가짐이다. 긍정과 낙관의 자세가 무엇보다 필요하다. 사람은 개개인의 성격이나 성장 배경에 따라, 또 처한 환경에 따라 삶을 대하는 자세나 방식이 다를 수밖에 없다. 행복은 생각하기 나름이다. 몽테뉴는 세상만사 그것을 어떻게 보느냐가 중요하다고 했다.

"부유함과 궁핍함은 개인의 마음에 달려 있다. 부든 명예든 건강이든 그것을 소유한 이가 부여한 의미 이상의 아름다움이나 즐거움을 지니지 못한다. 본인이 행복하다고 생각하면 행복하고 불행하다고 생각하면 불행하다. 스스로의 확신이야말로 본질적이고 진실한 것이다."

똑같은 장미를 보고도 긍정론자, 낙관주의자는 꽃을 보는 데 반해 부정론자, 비관주의자는 가시를 본다고 했다. "내일 지구의 종말이 온다 해도 나는 오늘 한 그루 사과나무를 심겠다." 이렇게 말하는 천하태평 낙관주의자가 되긴 어렵다. 하지만 오늘 하루, 미래에 대한 걱정일랑 잠시 접고 그냥 최선을 다하며 즐길 수는 있지 않을까.

남과 비교하지 않아야
행복해진다

너희는 아름답긴 하지만 속은 텅 비어 있어.
너희를 위하여 죽어줄 사람은 아무도 없어.
물론 무심한 행인은 내 장미꽃도 너희와 비슷한 꽃쯤으로
생각하겠지만 나에게 있어서 내 꽃은 너희 전부보다도 훨씬 소중해.

– 앙투안 드 생텍쥐페리《어린 왕자》

법정 스님은 소설《어린 왕자》예찬론자였다. 아니, 열광적인
팬이었다. 30대 초반 나이에 처음 접하고 너무나 감명받은 나머
지 평생토록 끼고 살았다. 수십 번을 읽고 수많은 사람에게 책을
선물했다. 그는 수필집《무소유》에 어린 왕자에게 보내는 장문
의 편지를 싣기도 했다.

"1965년 5월 너와 마주친 것은 하나의 해후였다. 너를 통해서

비로소 인간관계의 바탕을 인식할 수 있었고, 세계와 나의 촌수를 헤아리게 된 것이다. 그때까지 보이지 않던 사물이 보이게 되고, 들리지 않던 소리가 들리게 된 것이다. 너를 통해서 나 자신과 마주친 것이다. (중략) 누가 나더러 지묵(紙墨)으로 된 한두 권의 책을 선택하라면 화엄경과 함께 선뜻 너를 고르겠다."

프랑스 소설가 생텍쥐페리(1900~1944)가 쓴 《어린 왕자》는 '어른들을 위한 동화'다. 참된 사랑과 진정한 행복을 위해서는 동심으로 돌아가야 한다는 메시지를 담고 있다. 어른의 눈에 잘 보이지 않는, 보다 소중한 진리를 찾기 위해서는 어린이 같은 순수한 마음의 눈을 가져야 한다는 가르침이 새겨져 있다.

생텍쥐페리는 소설 쓰는 비행사였다. 44세로 죽는 날까지 군부대와 민간 항공사에서 비행기를 몰았다. 어린 왕자는 비행사의 1인칭 관찰자 시점에서 어른들의 메마른 인생관을 비판하는 내용으로 꾸며져 있다. 2차 세계대전 중 미국에서 발표된 이 소설은 작가 자신이 1935년 비행 도중 아프리카 사하라 사막에 불시착했다 기적적으로 구출된 경험에서 영감을 얻어 썼다고 한다.

조그만 별나라에 혼자 사는 어린 왕자는 한 송이 장미꽃의 변덕을 견디지 못해 다시는 돌아오지 않을 요량으로 별 여행을 떠난다. 여섯 개의 별을 거쳐 일곱 번째로 아프리카 사하라 사막에 내려온 왕자는 혼자서 비행기 고장 수리 중이던 비행사를 만나 친구가 된다. 왕자는 사막을 돌아다니다 장미 정원을 발견한다.

신기하게도 이곳 장미는 자기 별에 두고 온 장미와 똑같이 생겼으며 무려 오천 송이나 되었다. 갑자기 불행이 느껴졌다. '나는 이 세상에서 단 하나밖에 없는 꽃을 소유한 부자라고 생각했었는데, 아주 흔한 장미꽃 한 송이를 가졌을 뿐이니, 이것으로 봐서 난 굉장한 왕자가 못 되겠지….' 이런 생각에 풀밭에 엎드려 울음을 터뜨렸다. 그때 여우가 나타나 왕자에게 자신을 길들여 줄 것을 요구한다. 여기서 길들임이란 서로 친분 관계를 맺는 것을 뜻한다. 길들여진 여우는 왕자에게 장미 정원에 다시 가보라고 조언한다.

"이제 네 꽃이 이 세상에서 단 하나뿐이라는 걸 알게 될 거야. 그러고 나서 나한테 작별 인사를 하러 오면 선물로 비밀 하나를 가르쳐줄게."

첫머리에 소개한 문장은 어린 왕자가 다시 찾아간 정원에서 오천 송이 장미꽃을 향해 한 말이다. 그러고는 이렇게 덧붙인다.

"(나는 내 장미가) 불평하는 소리나 자랑하는 소리, 때로는 잠자코 있는 것까지도 귀 기울여 주었지. 그건 내 꽃이었으니까."

어린 왕자가 여우를 찾아가 작별 인사를 했다. 여우가 말했다.

"잘 가. 내가 줄 선물은 말이야, 아주 간단해. 마음으로 보아야 잘 볼 수 있다는 거야. 가장 중요한 건 눈에 보이지 않거든."

왕자는 자기 별로 돌아갔다. 헤어지기 전 비행사에게 이렇게 말했다.

"밤마다 별들을 쳐다봐. 내 별은 너무 작아서 어디 있는지 여기서 보여줄 수는 없지만 차라리 그게 더 나아. 내 별은 아저씨에게 여러 별들 중의 하나가 될 테니까. 그러면 아저씨는 어느 별이든 쳐다보는 게 좋아질 거야. 그 별들이 모두 아저씨의 친구가 될 테니까."

소설 《어린 왕자》는 어른들이 크고 많은 것에 집착하고, 과시욕과 허영심에 휩싸인 나머지 진정으로 소중한 것을 간과하고 있다고 질타한다. 작가는 어린이가 새로 사귄 친구에 관해 이야기할 때 정작 중요한 것은 묻지도 않는다고 꼬집는다. '그 친구의 목소리는 어떠니? 그 친구는 어떤 놀이를 좋아하니? 나비를 수집하니?'라는 말은 절대로 하지 않는단다. '나이는 몇이니? 형제는 몇이니? 몸무게는 얼마니? 아버지 수입은 얼마니?'라는 질문만 한다고 했다.

그렇다. 우리 어른들은 숫자를 좋아한다. 집을 보면 담장 위의 꽃이나 지붕 위의 비둘기는 보지 않고 가격이 얼마인지 먼저 따진다. 숫자를 서열화하고 숫자의 크고 작음에 따라 가치를 평가한다. 사람까지도 그렇게 평가하려 든다.

어린 왕자는 여섯 개 별을 여행하며 도무지 이해할 수 없는 어른들을 만난다. 각기 왕, 허영꾼, 술주정뱅이, 사업가, 가로등 켜는 사람, 지리학자가 사는 곳이다. 하나같이 자기 자신에게 도취되어 남에게는 마음을 쏟지 않는다. 왕은 따르는 백성이 한 명도 없는데도 명령하며 산다. 허영꾼은 허위의식에 꽉 차 남의 칭찬만 즐긴다. 술주정뱅이는 술 마시는 것이 부끄러워 견딜 수 없어 모든 걸 잊기 위해 술만 마신다고 했다. 사업가는 매일 돈을 세어 장부에 기록하는 일만 한다. 지리학자는 현장은 아예 관심을 두지 않고 의미도 없는 기록만 해댄다.

지구상엔 인구가 어마어마하게 많으니 이런 사람도 엄청 많다. 왕자는 철도 역무원과 상인을 만나 사람들이 소유욕에 사로잡혀 있음을 확인하고 실망하게 된다. 자기 별로 돌아간 진짜 이유 아닐까. 우리는 어린 왕자를 통해 '절대적 행복'의 중요성을 새삼 확인하게 된다. 행복은 남과 비교하면 얻기 어렵다. 자기가 행복하면 그만인 것을 끊임없이 남과 비교하려는 게 우리네 보통사람들의 모습이다. 명성, 돈, 권력 등 행복의 외부적 구비 조건을 남과 비교하다 보면 만족하기 힘들다.

아파트를 예로 들어보자. 갓 결혼한 신혼부부가 빚을 내고서라도 수도권 어딘가에 조그마한 아파트를 마련했다면 대단히 성공한 케이스라 할 수 있다. 전세로 코딱지만 한 집을 구했거나 단칸 월세방을 얻어 사는 신혼부부와 비교하면 당연히 행복감을 느껴야 한다. 하지만 서울 시내, 더 넓은 아파트를 마련한 친구와 비교하면서 초라함을 느끼게 된다. 안타까운 일이 아닐 수 없다.

자신의 현주소를 남과 비교하기 시작하면 끝이 없다. 1등이 아니면 완전히 만족하기 어렵다. 만족하지 못하면 감사하는 마음을 가질 수 없고, 감사하는 마음이 없으면 행복해질 수 없다. 반대로 남과 비교하는 습관을 버려야 매사에 만족할 수 있고, 만족해야 감사하는 마음이 생긴다. 감사하는 마음을 가져야 비로소 행복감을 느낄 수 있다. 남과 비교하지 않음이 행복의 출발점임을 말해준다. 위인들이 이구동성으로 이를 강조한 이유 아닐까 싶다.

"모든 불행은 비교하는 것으로부터 시작된다."

– 아르투어 쇼펜하우어

"비교하지 마라. 가장 빨리 불행해지는 방법이다."

– 에리카 라인

"비교는 기쁨을 훔쳐가는 도둑이다."

– 시어도어 루스벨트

어린 왕자는 여우의 가르침을 통해 자기 별에 있는 장미만을 사랑하겠다는 생각을 갖게 되었다. 도처에 아름다운 장미가 피어 있는 넓은 세상과 인연을 끊고자 했다. 비교하지 않기 위해서다. 이게 바로 절대적 행복을 구하는 방법이다. 하지만 우리는 경쟁 속에 살기 때문에 상대적 행복을 찾는 데 익숙해져 있다. 행복할 만큼 충분히 많은 것을 갖추었음에도 허기를 느낀다. 남의 평가에 귀 기울이는 습관을 움켜쥐고 산다. 나보다 남이 더 소중한 듯 끊임없이 주변을 살핀다. 이런 사람에게 행복은 없다.

절대적 행복을 얻기 위해서는 용기가 필요하다. 세상의 중심이 자기 자신임을 인식해야 한다. 크고 아름다운 것이 눈에 보인다고 그것을 모두 취하려는 건 어리석은 일이다. 비록 작고 부족할지언정 자신과 좋은 인연을 맺은 단 하나를 좋아하는 마음의 결단이 필요하다. 남과 비교하는 버릇을 고쳐야 눈에 보이지 않는 소중한 것을 발견할 수 있다. 그것이 바로 참된 행복이다. 행복은 누구나 손에 넣을 수 있고, 우리 가까운 곳에 있다. 마음속에 만족감과 감사함을 느끼면 행복은 반드시 찾아온다.

언젠가는 어린 왕자가 사는 작은 별에 한번 가보고 싶다. 가냘픈 장미꽃에 물을 주며 그와 함께 석양을 바라보고 싶다.

우리는 현재를
충실히 살아가지 못하고
언제나 그 너머를 향해 있다.
미래에 대해
근심하는 영혼은 불행하다.

- 몽테뉴

참고도서

〈자기신뢰의 힘〉 랄프 왈도 에머슨, 박윤정 옮김, 타커스, 2016

〈랄프 왈도 에머슨의 자기신뢰〉 랄프 왈도 에머슨, 마도경 옮김, 원앤원북스, 2015

〈짜라투스트라는 이렇게 말했다〉 프리드리히 니체, 사순옥 옮김, 홍신문화사, 2006

〈니체의 지혜〉 프리드리히 니체, 홍성광 편역, 을유문화사, 2018

〈싯다르타〉 헤르만 헤세, 권혁준 옮김, 문학동네, 2018

〈헤세, 반항을 노래하다〉 박홍규, 푸른들녘, 2017

〈약속의 땅〉 버락 오바마, 노승영 옮김, 웅진지식하우스, 2021

〈오바마의 담대함〉 조너선 체이트, 박세연 옮김, 성안당, 2017

〈가난한 리처드의 달력〉 벤저민 프랭클린, 조민호 옮김, 휴먼하우스, 2018

〈프랭클린 자서전〉 벤저민 프랭클린, 이계영 옮김, 김영사, 2001

〈격몽요결〉 이이, 이민수 옮김, 을유문화사, 2003

〈율곡 인문학〉 한정주, 다산초당, 2017

〈율곡 李珥 평전〉 한영우, 민음사, 2013

〈영혼의 자서전〉 니코스 카잔차키스, 안정효 옮김, 열린책들, 2009

〈그리스인 조르바〉 니코스 카잔차키스, 이윤기 옮김, 열린책들, 2009

〈돈〉 에밀 졸라, 유기환 옮김, 문학동네, 2017

〈목로주점〉 에밀 졸라, 윤진 옮김, 펭귄클래식코리아, 2015

〈돈의 철학〉 임석민, 다산북스, 2020

〈사랑의 기술〉 에리히 프롬, 황문수 옮김, 문예출판사, 2019

〈우리는 사랑하는가〉 박홍규, 필맥, 2004

〈사람은 무엇으로 사는가〉 레프 톨스토이, 홍대화 옮김, 현대지성, 2021

〈살아갈 날들을 위한 공부〉 레프 톨스토이, 이상원 옮김, 조화로운삶, 2007

〈예언자〉 칼릴 지브란, 오강남 옮김, 현암사, 2019

〈예언자, 부러진 날개〉 칼릴 지브란, 김지영 옮김, 브라운힐, 2015

〈화성에서 온 남자, 금성에서 온 여자〉 존 그레이, 김경숙 옮김, 동녘라이프, 2007

〈용서〉 달라이 라마, 류시화 옮김, 오래된미래, 2004

〈달라이 라마의 행복 찾기〉 달라이 라마, 우충환 옮김, 이치, 2013

〈살아 있는 것은 다 행복하라〉 법정, 류시화 엮음, 조화로운삶, 2006

〈니코마코스 윤리학〉 아리스토텔레스, 홍석영 옮김, 풀빛, 2005

〈니코마코스 윤리학〉 아리스토텔레스, 박문재 옮김, 현대지성, 2022

〈우리 시대 철학자 아리스토텔레스〉 오트프리트 회페, 주광순 옮김, 시와진실, 2019

〈에밀〉 장 자크 루소, 김중현 옮김, 한길사, 2003

〈에밀〉 장 자크 루소, 정영하 옮김, 연암사, 2003

〈루소가 권하는 인간다운 삶〉 김중현, 한길사, 2018

〈존 스튜어트 밀 자서전〉 존 스튜어트 밀, 박홍규 옮김, 문예출판사, 2019

〈자유론〉 존 스튜어트 밀, 서병훈 옮김, 책세상, 2018

〈철학의 역사〉 나이절 워버턴, 정미화 옮김, 소소의책, 2019

〈행복의 정복〉 버트런드 러셀, 이순희 옮김, 사회평론, 2005

〈러셀의 자녀교육론〉 버트런드 러셀, 김영숙 옮김, 서광사, 1989

〈인생은 뜨겁게〉 버트런드 러셀, 송은경 옮김, 사회평론, 2014

〈자라지 않는 아이〉 펄 벅, 홍한별 옮김, 양철북, 2003

〈펄 벅 평전〉 피터 콘, 이한음 옮김, 은행나무, 2004

〈파우스트〉 요한 볼프강 폰 괴테, 전영애 옮김, 도서출판 길, 2019

〈빌헬름 마이스터의 편력시대〉 요한 볼프강 폰 괴테, 곽복록 옮김, 동서문화사, 2016

〈대학공의, 대학강의, 소학지언, 심경밀험〉 정약용, 이광호 외 옮김, 사암, 2016

〈다산 평전〉 박석무, 민음사, 2014

〈다산의 마지막 공부〉 조윤제, 청림출판, 2018

〈허그(Hug)〉 닉 부이치치, 최종훈 옮김, 두란노, 2010

〈플라잉〉 닉 부이치치, 최종훈 옮김, 두란노, 2013

〈죽음의 수용소에서〉 빅터 프랭클, 이시형 옮김, 청아출판사, 2020

〈빅터 프랭클〉(자서전) 빅터 프랭클, 박상미 옮김, 특별한서재, 2021

〈화에 대하여〉 세네카, 김경숙 옮김, 사이, 2013

〈세네카의 인생론〉 세네카, 정영훈·정윤희 옮김, 메이트북스, 2019

〈고백록〉 아우구스티누스, 최민순 옮김, 바오로딸, 2010

〈아우구스티누스에게 삶의 길을 묻다〉 박승찬, 가톨릭출판사, 2021

〈종교〉 게르하르트 슈타군, 장혜경 옮김, 이화북스, 2018

〈읽고 싶은 이어령〉 이어령, 여백, 2014

〈이어령 평전〉 호영송, 문학세계사, 2013

〈명상록〉 마르쿠스 아우렐리우스, 천병희 옮김, 숲, 2005

〈경이로운 철학의 역사〉 움베르토 에코, 윤병언 옮김, 아르테, 2018

〈오만과 편견〉 제인 오스틴, 신현철 옮김, 현대문화, 2006

〈레 미제라블〉 빅토르 위고, 정기수 옮김, 민음사, 2012

〈노트르담 드 파리〉 빅토르 위고, 송면 옮김, 동서문화사, 2019

〈헤로도토스 역사〉 헤로도토스, 박현태 옮김, 동서문화사, 2008

〈플루타르코스 영웅전 1, 2, 3〉 플루타르코스, 박현태 옮김, 동서문화사, 2016

〈소크라테스의 변명, 크리톤, 향연, 파이돈〉 플라톤, 박병덕 옮김, 육문사, 2011

〈플라톤의 대화편〉 플라톤, 최명관 옮김, 창, 2008

〈위트의 리더 윈스턴 처칠〉 도미니크 엔라이트, 임정재 옮김, 한스컨텐츠, 2007

〈윈스턴 처칠, 나의 청춘〉 윈스턴 처칠, 임종원 옮김, 행북, 2020

〈아름다운 인생 오드리 헵번〉 알렉산더 워커, 김봉준 옮김, 달과소, 2005

〈오드리 헵번〉 마틴 지틀린, 양선영 옮김, 신원문화사, 2010

〈월든〉 헨리 데이비드 소로우, 강승영 옮김, 이레, 2004

〈시민의 불복종〉 헨리 데이비드 소로우, 강승영 옮김, 은행나무, 2017

〈나는 단순하게 살기로 했다〉 사사키 후미오, 김윤경 옮김, 비즈니스북스, 2015

〈나 홀로 읽는 도덕경〉 최진석, 시공사, 2021

〈도덕경〉 노자, 오강남 옮김, 현암사, 2010

〈몽테뉴의 수상록〉 미셸 드 몽테뉴, 정영훈 엮음, 안해린 옮김, 메이트북스, 2019

〈몰입하는 삶의 즐거움〉 미셸 드 몽테뉴, 김영후 옮김, 리더북스, 2014

〈어린 왕자〉 앙투안 드 생텍쥐페리, 민희식 옮김, 문학의문학, 2018

〈어린 왕자〉 앙투안 드 생텍쥐페리, 황현산 옮김, 열린책들, 2015